A dominatrix *gorda*

JOÃO XIMENES BRAGA

A dominatrix
gorda

CRÔNICAS

Copyright © 2010 by João Ximenes Braga

Direitos desta edição reservados à
EDITORA ROCCO LTDA.
Av. Presidente Wilson, 231 – 8º andar
20030-021 – Rio de Janeiro – RJ
Tel.: (21) 3525-2000 – Fax: (21) 3525-2001
rocco@rocco.com.br
www.rocco.com.br

Printed in Brazil/Impresso no Brasil

PREPARAÇÃO DE ORIGINAIS
Sônia Peçanha

PROJETO GRÁFICO E EDITORAÇÃO
Fatima Agra

CIP-Brasil. Catalogação na fonte.
Sindicato Nacional dos Editores de Livros, RJ.

B794d
Braga, João Ximenes, 1970-
    A dominatrix gorda: João Ximenes Braga. – Rio de Janeiro: Rocco, 2010.

    ISBN 978-85-325-2604-5

    1. Crônica brasileira. I. Título.

10-4591   CDD – 869.98
                             CDU – 821.134.3(81)-8

*A Mara Caballero
e Arthur Mário Braga,
em memória.*

Gente feia

Festinha despretensiosa, tipo leve o de beber e pegue o de comer. Quem ali já não se conhecia era amigo do amigo, praticamente reunião de máfia, sessão de voto secreto no Senado, tudo corria na santa paz da bebedeira coletiva até a chegada de um grupo de quatro rapazes esquisitíssimos.

— Que gente feia é essa? — sussurraram os de casa.

E por que esquisitos? Porque não eram. Na verdade, eram os tipos mais comuns que se pode imaginar na Zona Sul do Rio. Playboys meio embrucutuzados, de camiseta regata de tecido sintético e uma certa pinta de pitboy que deixou muita gente desconfortável, embora eles não tenham esboçado qualquer reação explícita ao clima discretamente pansexual que os cercava. Seja como for, destoavam dos outros convivas, fina flor da boemia intelectual carioca. Traziam um quê de Nuth a um ambiente de frequentadores de rodas de samba e/ou Dama de Ferro/Fosfobox. A dona da casa logo começou a reclamar:

— Eu, que nunca fui à Nuth nem à Baronetti, de repente me vejo disputando fila com quatro pitboys pra entrar no meu próprio banheiro!

E a frase lá de cima se repetia sem cessar, à meia-voz, ao longo da noite:

— Que gente feia é essa?

Seguida de comentários tais como:

— Esses tipos já roubaram o Baixo Leblon da gente, depois o Baixo Gávea, depois o Coqueirão, agora nem em casa de amigos eles deixam a gente em paz?

— Tô dizendo, tem que cercar a Barra da Tijuca, tô dizendo...

— O Leblon também, o Leblon também!

— Cês tão nostálgicos, os playbas já tomaram conta da cidade inteira, pra escapar deles, só mudando pra Santa Teresa.

— Ou pro subúrbio...

— Que subúrbio? Pros lados de lá tá pior. A única diferença é que playboy de subúrbio faz a sobrancelha, usa wax no cabelo e calça jeans cheia de penduricalho.

— Metrossexuais?

— Não, cafonas mesmo.

— Peraí, esse não é o figurino do Cine Ideal?

— Pois é, em Madureira não há gaydar que funcione!

— Mas, afinal, quem é essa gente feia que chegou agora?

Ninguém sabia, nem ia lá perguntar. De interação real, só um dos playbas que se encantou por uma nativa da festa — uma advogada de cabelo black-power que trabalha com direitos humanos em comunidades carentes. Sem saber como chegar nela, pediu auxílio à dona da casa.

— Pô, aí, tô amarradão na tua amiga, que que eu tenho que fazer pra dar um beijo nela?

— Fala de milícia — respondeu a outra, com um fio de veneno escorrendo pela boca.

Tempinho depois, as duas se reencontram.

— Não entendi nada. O playba sentou do meu lado e disse: "Pô, aí, tá sabendo que eu sou totalmente contra qualquer forma de exploração das classes menos favorecidas? Tipo assim, milícia, acho milícia nada a ver."

E acabou a interação. Os tais pitboys saíram da festa sem causar imbróglio algum, só os sussurros de "que gente feia é essa?".

Dias depois, uma menina se confessa responsável pela presença dos penetras.

— Um deles é meu amigão, apesar de ser professor de academia na Barra e andar com esses caras esquisitos. Mas sabe o que me deixou uma fera? No dia seguinte comentei que ele tinha ficado pouco tempo na festa, e ele teve a coragem de responder: "Pô, aí, é que lá só tinha gente feia."

Apesar do que diz nossa autoimagem, o Rio é a cidade com mais gente feia do mundo.

15 DE NOVEMBRO DE 2007

Amnésia alcoólica

"Muitas vezes, as pessoas manifestam um curioso respeito por um bêbado, como o respeito das raças simples pelos loucos. Respeito, mais do que medo. Há algo de assustador numa pessoa que se libertou de todas as inibições, que é capaz de fazer qualquer coisa. Claro que mais tarde a fazemos pagar por seu momento de superioridade, por seu dom de impressionar."

O parágrafo acima é de F. Scott Fitzgerald, numa tradução fraquinha de *Suave é a noite* que comprei em camelô outro dia. Antes que me perguntem, não sei o que são "raças simples". Mas conheço gente que bebe. Sou jornalista, afinal de contas, e tenho até espelho em casa. Um espelho estranho, de imagem turva.

Certo amigo me acusa de conspirar contra ele, apesar de o meu próprio telhado não ser de vidro blindado, pois costumo lembrar o que ele faz depois do sexto uísque. Ele, nunca. Assim, vejo-me no papel de lhe dar *updates* de sua vida amorosa. Ele não acredita.

Esse é o tipo de amnésico alcoólico que dá mais trabalho. Aquele que depois se transforma num paranoico com mania de perseguição passa a acreditar que os amigos estão inventando tudo pra torturá-lo. Sempre falha num ponto: como não admite nada, mas nunca tem álibi ou provas do contrário, acaba demonstrando que não lembra mesmo e dá margem pra que tudo se invente a seu respeito. Só que nunca há necessidade.

Outro tipo comum é o culpado. Liga no dia seguinte, voz de quem foi atropelado por um Volvo desgovernado na Dutra, nem dá bom-dia (quer dizer, boa-tarde) e vai logo perguntando:

— Fiz alguma coisa?
— Isso-aquilo-e-aquilo outro. Nada fora do comum. Do *seu* comum.
— Nunca fui tão humilhado!
— Foi, sim.

Entra em depressão e sai pra tomar um chope. Na tarde seguinte, liga de novo.

E tem o tipo revoltado. Aquele pra quem um refrigerante no café da manhã não só cura a ressaca como a culpa. Esse é o que acredita em Fitzgerald e não dá o braço a torcer mesmo depois de sóbrio.

— Você lembra que na festa de sábado você fez isso, aquilo, e aquilo outro?
— Não, e daí?
— Todo mundo viu.
— Reformulando a pergunta: e daí?
— Estava todo mundo do trabalho lá.

— É, mas pelo menos sou o único ali que só dá vexame *fora* do trabalho.

O pior de todos, contudo, é aquele que nunca sofre de amnésia alcoólica. Aquele que bebe fica, até o fim da noite, composto, enquanto os amigos chafurdam. Aquele que no dia seguinte é o único com direito a tirar sarro de todos, pois nem telhado de vidro tem.

Por que é o pior? Porque corre mais perigo. Os outros, quando muito, levam um ou dois tombos na pista. Mas esse tipo corre o risco de cair na fúria vingativa alheia. Suscita planos de vingança, de botar alguma droga em sua bebida, tirar fotos comprometedoras e distribuir na internet. É, estou falando de você, sim. Todo cuidado é pouco, cara.

21 DE SETEMBRO DE 2002

Chope, peito

Faça-me o favor: conte-me histórias de sua viagem, se divertidas, ou até mesmo educativas. Mas jamais me constranja a ver fotos suas posando sorridente ao sol poente. Você pode ter ido a algum lugar intocado até por Sebastião Salgado, morro feliz na ignorância. Se insistir, o resultado será um sorriso constrangido pra disfarçar que minha alma está arranhando o crânio por dentro, tentando desesperadamente escapar e correr.

Das frases feitas mais asquerosas da humanidade, "uma imagem vale por mil palavras" me deixa particularmente mareado. Nunca pensei muito sobre essa "fotofobia", apenas sou muito mais atraído por palavras que por imagens. Parecia natural desde sempre: algumas crianças gostam de histórias, outras de figurinha. Algumas pessoas gostam de ler, outras de... sei lá.

Como de hábito, a luz se fez quando estava a beber. Cervejada prosaica de fim de tarde no Rebouças com um casal de amigos, só que o papo entrou na metalinguagem. Bebíamos conversando sobre beber.

O rapaz contou que tinha muita amnésia alcoólica e, como sói acontecer nesses casos, ficava surpreso com os relatos *a posteriori*. Diziam que, bêbado, ele virava a alma da festa! Logo ele, em geral tímido, ponderado...

Curioso em se ver no momento Mr. Hyde, apelou à tecnologia. Aos primeiros sinais de que o álcool vencia a batalha contra os neurônios, sacou a câmera do celular e passou a documentar a noite.

No dia seguinte, viu nas fotos a boca torta, os olhos fundos, meros instantâneos de sua expressão transformada pela cachaça, nenhum registro da animação que contagiara a todos. A amnésia alcoólica venceu a câmera digital por um a zero — o momento inesquecível estava esquecido para sempre.

O Jorge trouxe mais uma cerveja e a moça contou história que jurou ter acontecido com o irmão de um conhecido nosso.

O começo era parecido. Esse fulano andava incomodado com sua amnésia alcoólica e resolveu tomar uma providência. Em vez de câmera, levou bloquinho e caneta. Saiu de casa resolvido a anotar pelo menos o básico: o que fizera, onde fora, quem encontrara. No dia seguinte, consultou os garranchos e parecia lenda urbana: "Leblon. Guanabara. Chope. Jobi. Chope. Peito."

A noite sugerida nestas palavras truncadas é tão mais rica e fascinante que a das fotos! Que peito? De quem? Inédito ou reprise? Desnudo ou sugerido? Tocado, sugado ou só admirado?

Ou, vai ver, ele pediu um sanduíche de peito de peru com abacaxi antes de a mão ficar trêmula demais pra segurar a caneta.

Uma única palavra, tantas imagens...

21 DE FEVEREIRO DE 2009

Encruzilhada

"Nunca fui carnavalesco, mas, como todo melancólico e contemplativo, gosto do ruído e da multidão." Não resisti a citar Lima Barreto pra contar que neste carnaval decidi fazer tudo ao contrário: mandar a melancolia às favas e ficar feliz em casa. Não deu certo. O ruído e a multidão vinham bater à minha porta, bloco quase todo dia, e me vi obrigado a buscar paz na rua.

Companhia pra ficar sozinho não era difícil. Sempre havia almas penadas dispostas a sentar num bar e esperar o bloco passar até eu poder voltar pra casa. Difícil era achar o bar. Que parte de que bairro estava sem bloco e acessível por terra àquela hora do dia? Foi numa dessas que me vi numa mesa de calçada em terreno pouco explorado, ao anoitecer do domingo de carnaval, e tive uma experiência mediúnica. Ou uma *bad trip* lisérgica com meia garrafa de cerveja.

Alguns espíritas creem que durante as festas pagãs há mais seres desencarnados em circulação. Na umbanda, acredita-se que malandros, pombajiras e exus vão às ruas no carnaval tomar cachaça e zoar. A igreja católica não se conforma de perder o domínio sobre os fiéis nesta época e vive insinuando que o diabo fica à solta. Os jornais registram aumento do fluxo de paulistas na cidade.

Seja o que for, algo de estranho acontece no carnaval. E este ano, naquela noite, parecia estar tudo ali à minha volta. Olhava pra dentro do bar e via dois humanoides assustadoramente altos brilhando no escuro com sua pele em tom vermelho-vivo, enquanto abatiam uma travessa de gordura trêmula. Talvez fossem gringos comendo picanha com fritas, mas vai saber? Olhava pra fora, via uma criatura sem cabeça com um estranho pênis retangular. Talvez fosse uma gorda falando no orelhão com um celular muito mal posicionado no shortinho branco, mas quem garante?

Numa mesa mais à frente, uma entidade exibia os cabelos brancos amarelados de uma octogenária, os seios rijos de uma ninfeta, as costas largas de um nadador, acompanhada por outra que tinha barba de homem, ombros de mosquito e barriga de grávida. Por elas passou um homem com um olho negro e outro branco, exibindo um estranho instrumento de madeira que tinia ao som de metais. Encarou aqueles dois seres com seu olho branco, vazio e mesmo assim inquisitivo, eles fizeram que não. Ele seguiu e quase foi atropelado por uma horda de entes peludos que usavam todos a mesma camiseta com desenhos coloridos e faziam ruídos em língua nenhuma.

Pronto, fomos invadidos por entidades que se aproveitaram da brecha da festa pagã! Ou, no mínimo, pelos figurantes de *Men in black*. Serão ETs, zumbis, demônios, espíritos sem luz?

Até que alguém na mesa interrompe minha divagação:

— Ô, mané, não tem nada de sobrenatural. É Copacabana.

Ah, é!

No dia seguinte, amiga veio contar que perdeu o celular no carnaval. Respondi:

— Antes eu tivesse perdido o celular...

— Vai dizer que perdeu a virgindade?

— Tô falando sério. Perdi a dignidade.

— Mas isso você perde todo fim de semana, entra ano, sai ano.

— Dignidade é a única coisa que a gente não precisa recuperar pra poder perder de novo.

7 DE MARÇO DE 2009

Paz de espírito

— Esta água é esquisita, não?
— Como assim?
— Difícil dizer, cor estranha, mais salgada, não sei direito, mas é diferente da de Ipanema.
— Você tá é sentindo falta dos coliformes fecais.

Tais diálogos foram trocados flutuando no mar em Trindade, um fim-de-mundo depois de Paraty.

Uma vez que você se reconhece definitiva e irremediavelmente carioca, isso significa que você gosta pelo menos um pouquinho de natureza. Se você é um bicho 100% urbanoide, que emigre pra Nova York, Tóquio ou, em caso de desespero, para aquela adorável megalópole efervescente e intransitável um pouco ao sul.

Afinal, o que mantém o Rio de pé em toda sua decadência política e econômica é justamente a possibilidade de se ver uma bela montanha, uma bela lagoa, uma bela praia, enquanto se espera pacientemente a chance de engrossar as estatísticas de violência urbana.

Mas há limites. E nestes dias em Trindade, antes do carnaval, descobri que meu amor pela natureza é essencialmente carioca. Gosto dela, sim, enquadrada por uma janela ou aproveitada quando há um vendedor de mate ao alcance de um aceno.

Aceitei o convite pensando que me fariam bem alguns dias sem ler jornal, sem acesso a internet, sem notícias da República do Diminutivo. Voltei de lá mais tenso que nunca.

A idealizadora da expedição avisara sobre as trilhas para chegar às praias. Só não disse que eram verticais, perambeiras das quais, com um escorregão, sua cabeça ricochetearia numa pedra antes de cair no mar. Por conta das chuvas, as trilhas estavam escorregadias, e a única forma de galgá-las era descalço. Ah, o contato direto com a natureza! Ah, o pesadelo! Percebi que isso não ia dar certo logo de início, quando alguém gritou:

— Peraí!
— Que foi?
— Meu piercing prendeu num galho!

De fato, nosso grupo não era o mais adequado para tal tipo de aventura. Jogue quatro urbanoides, ainda que cariocas, no meio de muita natureza, e o resultado é um profundo tédio. Não falo de existencialismo. Acontece que, no paraíso, o tempo não passa (e pensar que, no catecismo, dizem que essa é uma característica do inferno).

Chegamos a uma praia deserta. Linda. Linda, linda, linda. Depois de uma caminhada exaustiva sob o sol, um longo mergulho nas águas limpas. Rimos dos siris se entocando na areia e dos camarões (ou qualquer bicho parecido) que bicavam nossos pés no laguinho de água doce formado pelo riacho que desembocava nas pedras. Lagarteamos na areia à sombra das árvores, contemplando a beleza do lugar. E, quando nos demos conta, não haviam se passado nem 40 minutos.

— Já estou pensando naquela caipirinha de ontem. Vamos voltar?

— Quase uma hora de caminhada pra 40 minutos de praia? Agora aguenta!

— Alguém lembrou de trazer baralho?

— Não.

— E o que a gente faz agora?

— Conversa, ora.

— Então puxa um assunto.

— Eu pensei em trazer meu livro, mas fiquei com medo de pesar na caminhada.

— Eu bem que podia ter trazido o meu, é fininho.

— Tá lendo o quê?

— *A queda*, do Camus.

— Leitura leve, perfeita pras férias num paraíso tropical.

— E você?

— *Neuromancer*. Já que não dava pra trazer um laptop, precisava de uma ficção científica pra me lembrar do mundo real naquela pousada.

Enfim, voltamos ao Rio pouco antes do carnaval, ansiosos por nos jogar na folia. Não prestou. Depois de tanto contato com a natureza, três dos quatro urbanoides terminaram na cama: males de estômago, dores musculares, resfriado, fadiga. Sintomas típicos de estresse.

Paz de espírito é um saco.

28 DE FEVEREIRO DE 2004

Troco molhado

As bundas que me perdoem, o mais significativo ícone do verão carioca é o troco molhado. Na praia, num bloco de carnaval, numa quadra de escola de samba ou num botequim, não importa, não há como escapar do troco molhado. As notas de um real vêm sempre amassadas e emboladas porque a mão que as conta passou por um isopor cheio de gelo derretido ao alcançar uma garrafa, por uma pia entupida onde lavou o copo de café, por uma pochete cheia de outras notas molhadas. Qualquer que seja o caminho, o troco molhado sempre gera um segundo de hesitação. Guardar ou não esse pequeno símbolo da promiscuidade de uma cidade superpovoada, calorenta, suada e suja?

Aí você lembra que em breve pode precisar de outra cerveja ou de uma água e deposita as notas molhadas no bolso, esperando que elas não afoguem seu celular antes de serem repassadas à pochete de outro ambulante. Não quero discutir comércio ilegal, contraste social ou falta de higiene. Apenas constato: verão no Rio significa três meses e pouco com troco molhado no bolso e um ar reflexivo peculiar dos trópicos.

Muito calor, muita modorrência. Tem sempre aquele momento em que a gente se estende na areia pra meditar ou debater as grandes questões sociais que afligem o Brasil.

Num desses, enquanto o sol não se punha, amiga de origem suburbana virou-se de lado na canga e passou a observar, ensimesmada, as edificações da Vieira Souto. Deu mais um gole na cerveja paga com notas molhadas e comentou:

— Procê ver... Tanta cobertura legal, nenhuma tem churrasqueira.

Mesmo nos momentos de lazer e leseira, é difícil escapar da reflexão sobre as diferenças socioculturais. Como nesta cena presenciada por um amigo numa sorveteria da Zona Sul.

Um menino de rua pediu um sorvete a uma senhora, que o dispensou sem lhe dar sequer o troco molhado. Em seguida, comentou com a senhora ao lado:

— As pessoas acham que a gente não se importa, mas os problemas sociais incomodam, sim.

Epítome de uma cidade superpovoada, calorenta, suada e suja, a praia no verão é uma cápsula suspensa sobre as normas sociais onde promiscuidade e privacidade se tornam sinônimos. Isto é, quanto mais cheia estiver, mais as pessoas acreditam que podem falar qualquer barbaridade, como se o seu montículo de cangas e cadeiras tivesse proteção acústica.

Vivi isso claramente na quarta-feira de cinzas. Lagarteava na areia quando fui avistado por uma amiga, previamente citada numa crônica. Irritada com as insinuações do texto, ela balançou o indicador e me deu esporro:

— Você me chamou disso e daquilo! Você escreveu que eu fiz isso e aquilo!

Detalhe: entre nós, havia pelo menos cinco metros de areia. Neste exíguo espaço, dezenas de pessoas entulhadas em cadeiras alugadas por dois reais em notas molhadas ouviam tudo que ela dizia. Levantei-me, fui até ela e disse, baixo:

— Eu acobertei você com o anonimato e tomei cuidado de contar a história com sutileza. Ninguém ia saber que era você, agora toda essa gente entulhada em cadeiras de praia alugadas por dois reais em notas molhadas sabe tudo da sua vida!

— Ah, mas isso não tem a menor importância — disse.

Assim como no teatro tradicional, praia também tem quarta parede.

11 DE JUNHO DE 2006

Complexo de alemão

Não é que já não tivesse subido o morro antes. Maré e Mangueira, Vidigal e Vigário Geral, Rocinha e Serrinha, Cerro Corá e CDD, sou carioca do asfalto, mas já faço rimas e aliterações com as favelas que conheci. Acontece que em todas as visitas fui como alemão oficial.

Fosse pra conversar com alguém, ir a um samba ou baile funk, sempre havia uma câmera me acompanhando, ou um amigo do conhecido que tinha um camarada. Uma missão ou uma permissão.

Nunca dantes entrara numa favela à toa, sozinho, como fiz agora, numa tarde de folga. Tinha nada melhor pra fazer, bateu a luz do outono na cidade mais bonita do mundo e me lembrei de um ângulo desconhecido que há muito me deixava curioso: o alto do plano inclinado do Dona Marta.

Nunca calhara de haver uma missão por lá, nem uma permissão. Mas agora sai direto no jornal que o Dona Marta é seguro, é exemplo, é modelo, por que não ir lá, subir o bondinho, apreciar a vista e, de quebra, curar meu complexo de alemão?

Isto é, subir uma favela sem ser como alemão oficial, quando muito oficioso. Não que imaginasse virar íntimo da comunidade, de repente, de graça. Queria apenas descobrir a vista do alto da favela como se saísse de casa pra ir ao mirante do Leblon... Enfim, com medo, mas medo normal de carioca, sem me sentir invasor, estrangeiro, alemão. Como se não morasse numa cidade sitiada.

Claro que era ideia de jerico. Se tudo corresse às mil maravilhas, iria terminar fazendo elogios subliminares a Sergio Cabral Filho, criatura de quem não compraria um carro usado. E se tudo desse errado, iria terminar... sei lá... morto?

Só que tenho um problema com ideias de jerico: gosto delas. O dia estava bonito, peguei o carro com motorista, o 409, e rumei pra Botafogo. Comecei a subir o morro com aquela cara de quem sabe pra onde está indo, passei pela barraca de frutas onde dois filhotes de gatos pretos dormiam dentro de uma mamona aberta, passei por vários policiais com fuzis, cheguei à base do plano inclinado e... Estava sem luz. Problema no transformador, segundo me informaram as funcionárias.

E eis que lá estava eu, tarde de folga, passeio abortado. Ainda olhei as escadas e hesitei por um segundo: "Vejo a vista e exercito os quadríceps." Acovardei-me diante da coisa que mais me amedronta na vida, choro de criança. Havia muita criança por ali. Há muita criança em favela, ponto. O tempo todo, por toda parte, chorando, gritando, brincando. Não consigo fazer esforço físico ou mental com criança berrando perto de mim. Subir as escadarias pra ver a vista ficou fora de questão.

Mas já estava ali mesmo, encontrei abrigo no lugar que sempre nos abriga em qualquer cidade do mundo nessas situações: um balcão de bar.

Havia um apontador de bicho num canto — sim, o Dona Marta está cheio de polícia, mas o jogo do bicho permanece intocado assim como em qualquer bairro — e uma televisão no outro — ligada num canal a cabo exibindo um filme com Sandra Bullock. Pedi uma dose de Ypióca. E ouvi um senhor de boina e bengala, que combatia a rouquidão com berros, dizer ao apontador de bicho:

— São Jorge, São Sebastião... cê vê... tudo guerreiro, tudo morreu assassinado.

Logo a voz muito alta e rouca se misturou aos gritos de Sandra Bullock, ao carro de som fazendo propaganda do baile funk, às crianças, ao zum-zum-zum das pessoas voltando do trabalho. A tarde foi caindo, e sete rapazes de seus 17 anos se juntaram numa mesa de calçada pra dividir um guaraná de dois litros. O dono do botequim reclamou do acabamento ruim do balcão de vidro colado com silicone. O bêbado ao lado disse que ele devia ter usado Durepox. Garanti que um pano com álcool dava jeito nas sobras de silicone. Três policiais armados passaram em frente, um deles sem tirar a mão da coronha da pistola. Quando estes já haviam dado as costas, um dos garotos que bebia guaraná empunhou seu skate como se fosse um fuzil e "apontou" para os policiais, simulando que queria matá-los, pra riso dos amigos.

Lembrei que eu era alemão.

Mas também me perguntei se em algum outro momento ou lugar do mundo eu havia existido sem sentir o complexo de alemão. Como a terceira dose de Ypióca não trouxe resposta, desci e peguei o 173 de volta pra casa.

14 DE JUNHO DE 2009

O virgem

Desfile da tocha olímpica, aquela parada supercívica, quando os cariocas foram em massa às ruas na mais perfeita ordem pra uma "bela demonstração de hospitalidade", como disse o prefeito. Nos dias seguintes, falava-se com tanta animação da tranquilidade do evento que me senti um grande otário. Só eu mesmo para ser assaltado em plena redenção do civismo carioca.

O que é um assaltozinho residual nas estatísticas? Bobagem. Mas foi a primeira vez que fui assaltado no Rio, pelo menos na vida adulta, e por isso escrevo a respeito, orgulho, enfim posso dizer que sou um carioca em pleno exercício da função, inserido no Zeitgeist de seis anos de governo Garotinho. Em toda mesa de bar onde me sentava, me sentia deslocado e envergonhado, como se fosse o último adolescente da turma a perder a virgindade. Aos 34 anos, já era tempo de ter uma história de assalto pra contar!

Então vamos a ela. Éramos cinco num carro. Todos desprovidos de espírito cívico e hospitaleiro, ignorávamos solenemente a tocha olímpica. Sobretudo, ignorávamos solenemente a razão por que pessoas ficariam de pé na rua pra ver alguém correndo com um foguinho na mão.

Só queríamos chegar ao Nova Capela pra almoçar. Devia ser por volta de 16:30 quando o carro parou num sinal da Conde de Baependi, em frente a uma Assembleia de Deus, a poucos metros de onde aconteceria o show da tocha. Um rapaz se chegou pelo lado da motorista, que fumava pela janela aberta, anunciando:

— A gente não quer machucar ninguém, só quer o dinheiro de todo mundo.

Ele a segurou pelo braço, e aí teve início a comédia de erros. A motorista estava preocupada demais em esconder um anel para pensar em pegar o dinheiro. Dois dos ocupantes do banco de trás estavam totalmente desprovidos de cédulas. O terceiro se transformou numa samambaia. Só eu, no banco do copiloto, tirei a carteira. Apesar do comparsa que esmurrava o vidro do meu lado, não abri a janela e contei pacientemente o dinheiro. Estava morrendo de fome, os assaltantes precisariam de ameaça mais enfática para me tirar o dinheiro destinado ao javali do Capela. Não sei se por ter sangue-frio ou por ser avoado, separei o dinheiro do almoço e estendi as sobras ao assaltante que segurava a motorista. Nisso, ele a soltou para pegar a grana, o sinal abriu, e ela arrancou. Mal avançamos uns 30 metros, alguém comentou:

— Pelo menos fizemos nossa parte pela distribuição de renda na cidade, melhor que perder dinheiro pagando preços abusivos por itens supérfluos.

— Fizemos quem, cara-pálida? Só eu morri em dinheiro — respondi.

— Pelo menos saímos todos vivos, eles podiam ter atirado.

— Tavam armados? Não vi arma nenhuma.

— Tava na cintura do cara. Acho que era uma 22.

— Ladrãozinho incompetente... Nem mostra a arma direito! Se eu tivesse visto, entregava até o cartão do seguro-saúde.

Cem metros depois, cruzamos com um carro de polícia. Ou "puliça", de acordo com a pronúncia da governadora. Paramos. Os policiais foram gentis, atenciosos. Mas não podiam sair de onde estavam estacionados. Afinal, alguém tinha que vigiar a tocha.

26 DE JUNHO DE 2004

Empurradinha

Eu só disse "boa-noite" e "por favor", mas o motorista já emendou:

— Vocês aqui da Zona Sul têm mais educação mermo, os pessoal lá da Barra é tudo grosso. Faço ponto numa boate lá, peguei um playboy agora com a namorada, ele foi enchendo a menina de porrada o tempo todo. Tô nem aí, enquanto não mexer comigo tá na boa.

Minha vida por um fone de ouvido, não quero virar terapeuta de motorista de táxi a essa hora, já me prometi nunca mais ouvir esses papos, sempre a mesma combinação de ego descontrolado com pílulas de sabedoria pretensiosa e contos de pescador, nem crônica rende mais. Em geral, consigo cumprir a promessa, com algumas doses de iPod e outras tantas de grosseria. Mas às tantas da madrugada, bêbado, estou indefeso.

— Aí o playboy resolveu encrencar comigo. "Quolé, tá olhando o quê, vai encarar?" Comigo ninguém mexe, levantei e botei os dois pra fora do meu táxi no meio da avenida das Américas, mas a menina disse: "Eu quero ficar com o senhor."

Deixei ela em Copa agorinha mesmo. Por isso que tô aqui, não costumo rodar na Zona Sul.

Da educação, não sei. Mas esse cara está denegrindo a imagem dos playboys da Barra pelo menos no quesito físico. Que pitboy é esse que bate em mulher e aceita ordem dum taxista obeso? Melhor ficar quieto, a história acabou mesmo e...

— Mas até que eu curto esse ponto da boate, tem suas vantagens. As meninas saem de casa com 50 contos, pagam 30 na entrada, gastam o resto em bebida. Depois não arrumam nenhum jogador de futebol e ficam sem grana pra voltar pra casa... Aí se chega em mim pedindo carona, sacumé, eu digo logo que adianto o lado delas, se elas adiantarem o meu... Tem umas que se faz de gostosa, mas a maioria libera logo, no outro sábado tá lá de namorado e ainda me dá tchauzinho...

Meu amigo, conta outra. Não sei que excesso de autoconfiança é esse que o senhor tem, mas o senhor é, com o perdão da honestidade, feio feito o cão que tenta chupar manga e assoviar "Agonia" ao mesmo tempo. Qualquer menina dessas andava até a praça do O e faturava mais que a corrida sem precisar encarar o cheiro de mofo deste táxi! Isso tudo eu pensei. Mas a coisa mais desafiadora que disse foi:

— Então acaba que no fim da noite o senhor nem fatura nada? Dinheiro, quer dizer.

— Tem que ser esperto. Tem que estar com a noite garantida, senão chegando em casa a patroa esquenta. As patricinha vadia é só a saideira.

Fiiiiino! Mas já está acabando, só preciso fingir acreditar nas fantasias sexuais do mitômano por mais dois quarteirões, estou quase em casa, já vai acabar e...

— Mas maneiro mesmo é pegar casal na porta de clube de suingue.

Maldito sinal vermelho! Não, não aguento mais. Será que se eu abrir a porta e me jogar na sarjeta...

— Outro dia, o cara chegou pra mim na cara de pau e perguntou: "Aí colega, tu não fica a fim de dar uma empurradinha na minha esposa?"

Empurradinha? "Dar uma empurradinha na minha esposa"? Dar uma em-pur-ra-di-nha?!

Saltei na porta de casa e não esperei o troco. Está pra surgir perversão sexual que me espante ou papo de motorista de táxi em que leve fé, mas quem consegue ampliar meu vocabulário a tamanho exponencial de vulgaridade merece três reais de gorjeta.

20 DE SETEMBRO DE 2008

Preservativos

Debruçado no balcão de uma farmácia na Marquês de Abrantes, esperando itens básicos do kit-sobrevivência (Engov e Merthiolate), quando uma voz ao meu lado pede um preservativo. A balconista pergunta de que marca. A voz responde:

— Qualquer um, o mais barato, rápido, se o inspetor me pega aqui com o carro parado, tô fodido.

Aí fiquei curioso e girei o pescoço na direção do dono da voz. Estava de uniforme azul. Girei mais o pescoço, num ângulo quase Linda Blair, em direção à rua. Lá estava o ônibus, lotado, parado em plena Marquês de Abrantes às 20:30 de uma sexta-feira. Já vi motoristas deixarem os passageiros esperando enquanto vão a um botequim comprar cigarros, tomar um cafezinho ou satisfazer necessidades fisiológicas. Mas nunca antes vira um motorista largar o ônibus pra satisfazer tal tipo de necessidade.

Ele criou um pequeno congestionamento, atrasou a vida de muita gente e faltou com sua responsabilidade profissional. Todavia, depois daquelas notícias sobre adolescentes pobres que usam sacolés como substitutos de camisinhas, eu tinha é vontade de parabenizá-lo por investir no sexo seguro. E por, depois de dirigir horas no calor e no trânsito do Rio, ainda ser capaz de investir em sexo.

Pena que não deu pra descobrir se o rapaz já estava se preparando pro certo depois do expediente ou se ele se arrumara na viagem mesmo, com alguém querendo emular Sonia Braga em *A dama do lotação*.

Seja como for, a remota chance de a segunda hipótese estar correta só me dá mais um argumento quando esnobes me criticam pela opção de usar transporte público. Afinal, todos os meus amigos que se queixam de a vida sexual ser prejudicada pelo estresse vão de carro para o trabalho.

30 DE DEZEMBRO DE 2000

Lúdico

— Não olhe agora, mas tem uma garota do seu lado que é a cara da Velma do Scooby Doo.

— Claro que tem, é uma festa à fantasia, vai dizer que não sabia?

— Sim, tava no convite, mas nunca, jamais, em tempo algum, imaginei que o pessoal usava fantasia em festa à fantasia.

No meu parco entender da vida, festa à fantasia é igual a evento black-tie no Golden Room do Copacabana Palace. Mais uma noite para se usar jeans e tênis.

Dentre a lista de grosserias habituais que o carioca usa pra caracterizar sua mítica irreverência, uma das poucas que me aprazem é a desobediência civil a códigos de vestimenta. Caso de ladrão que rouba ladrão, pois há uma desagradável petulância no anfitrião que especifica traje de convidado. Se me chamam para uma noite esporte fino, exercito a vergonha na cara, não vou. Se me chamam para uma festa à fantasia, espero qualquer coisa, menos fantasias.

[**]

— Aquele ali, de Menino Maluquinho, o que restou do cérebro deve estar assado!

— Nada, alumínio é geladinho.

[**]

Se fiquei constrangido por ser dos poucos não fantasiados? Não há espaço pra constrangimento quando o próprio aniversariante faz questão de avisar que a consumação mínima é de 20 reais e o latão de cerveja 500ml custa 4 ("não faz a pobre não", dizia o convite). E vocês sabem como é classe média com essa história de consumação mínima. Rico bebe de graça, vai a coquetel patrocinado, essas coisas. Classe média, não. Paga. Mas aí tem que aproveitar, é a lógica do rodízio de pizza, precisa beber todos os dois litros e meio de cerveja até o final. Vão levar vantagem em cima *de moi?* É ruim.

Duas moças em particular me preocupavam ali no salão da Estudantina. Com metade do mínimo da consumação consumida, já faziam a dança de Pã. Se saíssem daquele jeito na praça Tiradentes, acordariam num hotelzinho de fachada colonial com uma nota de 20 reais na cabeceira sem entender nada. Ou chegariam em casa com menos 20 reais na carteira sem entender nada.

Poucos estavam em condições de reparar em quem estava sem figurino. Quem olhasse muito forte para uma pessoa de jeans e camiseta enxergaria uma fantasia de irmãos siameses.

[**]

— Tá boa a festa?

— Mas também eu me divirto sozinho com o ventilador de teto.

[**]

Uma Branca de Neve. Um bombeiro. Uma dançarina do ventre. Um diabo com cara pintada de vermelho e chifres. Uma enfermeira. Um policial. Uma Mulher-Maravilha. Então é isso! Festa à fantasia é um set de filme pornô sem sexo.

E eis que chega um rapaz vestido de Rivotril, todo cheio de graça dentro de um quadrado de cartolina preso aos ombros que reproduzia a caixa do remédio amigo, tarja preta que ora por nós, redatores, na hora do sono, amém. Tudo que eu queria ser quando crescer: um grande frasco de Rivotril ambulante a andar pelas ruas do Rio, epítome da tranquilidade encaixotada, receitada e legalizada. Danem-se os motoristas empenhados em me atropelar. Eu sou Rivotril, nada me descontrolará.

Enfim, algo que justifica uma festa a fantasia! Uma pequena brincadeira lúdica e criativa. Um pedaço de cartolina que nos remeteu a um mundo imaginário livre da ansiedade, um figurino que gerou uma fantasia.

Em outras palavras, uma piada que durou dez segundos, muito menos do que o mané levou pra passar aquela cartolina pela roleta do ônibus quando saiu do Grajaú.

**

Deve haver uma razão para as pessoas gostarem de festas a fantasia, de crianças, de jogar paciência, de Marisa Monte e outros divertimentos de cadência tatibitate. Não consigo entender porque me falta o parafuso do lúdico. Inclusive, se alguém encontrar essa peça por aí, faz favor, vá ver se estou na esquina da avenida Passos.

8 DE AGOSTO DE 2009

Festa

Sua classe social é inversamente proporcional a quanto você gasta numa festa.
Verdade que não frequento festa de rico. Às poucas que fui, estava com bloquinho na mão e crachá no peito. Mas há pouco tempo vi-me como acompanhante de uma convidada à festa de um homem muito, muito rico (herdeiro, namora modelos, aparece em revistas de sala de espera de médico), e descobri, chocado, que não havia serviço. Nem um canapé. Nem um garçom com água. Só filas enormes diante de dois estandes patrocinados por marcas de bebida alcoólica. Única conclusão possível: o cara é rico porque, quando dá uma festa pra aparecer nas colunas sociais, arruma patrocínio, e o que economiza em uísque e champanhe deve estar aplicado no mercado financeiro.
Já pobre... Pobre, vocês sabem, quando dá festa é um tal de gastar uma dinheirama em feijão, linguiça, cerveja, brigadeiro, e ainda fica ofendidíssimo se os convidados não saírem de lá empanturrados. Essa gentinha...
E a classe média? Essa gasta medianamente: compra pães, frios, pastas. Mas todo mundo contribui com a bebida. Aí che-

gamos à típica festa do carioca classe-média-zona-sul entre os 20 e poucos e os 30 e tantos anos. O convite, feito por telefone ou e-mail, sempre traz duas ressalvas: "Tô pedindo pras pessoas trazerem bebida, sacumé, né?, nessa crise..."; "Claro, você pode chamar quem quiser, é só trazer mais bebida."

Afinal, se cada um traz seu farnel alcoólico, por que impor limites? Mal sabe o festeiro, contudo, que ao mencionar o item dois ele acaba de comprar seu tíquete para o inferno. Pois ignorou o fator Baixo Gávea.

É fato comprovado por pesquisas: em toda festa na Zona Sul, sempre há pelo menos um convidado que passa antes no Baixo Gávea. Ele encontra um conhecido. Comenta sobre a festa: "É só levar cerveja." O efeito é avassalador. Não só porque os conhecidos vão comentar com outros, mas os desconhecidos vão entreouvir a conversa e decorar o endereço.

Resultado: às duas da manhã, o Baixo Gávea inteiro está na sua casa. Com um detalhe: quem não conhece o anfitrião nunca leva bebida. "Vou só dar uma passada, se estiver ruim eu volto da porta, então pra que comprar bebida?", pensa. Às 2:45, a cerveja acaba, e o melhor amigo do dono da casa passa o chapéu pra comprar mais. Mas os penetras, apesar de ficarem na festa, não contribuem, pois juram que já estão saindo. Às 3:13, um engraçadinho que não sabe mexer no mixer estoura as caixas de som e sequer pede desculpas. Às 3:48, há uma fila enorme no banheiro, porque tem gente usando o cômodo para fins diversos. Às 17:24, o dono da casa acorda e vê que as paredes têm marcas de sola de sapato. Vidros de perfume e CDs foram roubados. Sem falar no corpo inanimado no sofá.

16 DE AGOSTO DE 2003

Na Help

Não espalhem, mas a Help, quando era apenas uma boate de garotada Zona Sul, foi o primeiro club noturno em que entrei na vida. Nem era matinê. Embora eu fosse muuuito dimenor, uma amiga boa de lábia conseguiu convencer o segurança de que eu era adulto, mas sofria de uma rara forma de nanismo.

E eis que, 19 anos depois, fui me reencontrar com a Help. A intenção era apenas fazer algo inusitado numa noite de terça, mas não tão inusitado assim, pois todo mundo sabe o que a Help é hoje e não era de se esperar surpresas. E é exatamente como se imagina. Brasileiras, muitas brasileiras, e gringos, muitos gringos. Se você é do sexo masculino lá dentro, é gringo até prova em contrário.

Logo no início da noite, uma bela moça negra de longo interlace castanho-claro veio pedir fogo a meu amigo F., em inglês. E ele respondeu:

— Hi, sweetie.

"Hi, sweetie?! Céus, ele está se passando por gringo!", pensei. "Eu não vou fazer esse jogo." Quando ele indicou à moça, cujo inglês não era nada fluente, que eu, sim, era o feliz proprietário de um isqueiro, tirei o meu Webster's da reta:

— Pode falar em português. Sou carioca. Só vim trazer meu amigo.

Por conta do som alto, não tinha certeza se F. havia me escutado. Achei melhor informá-lo de que eu não "era" gringo, para não entrarmos em contradição. Quando me viu cochichando com ele, a moça me puxou pelo braço:

— Ô! Ô! Ô!

— Calma! Não estava falando de você. Só disse a ele que, se vocês não estiverem se entendendo, eu ajudo a traduzir — menti.

A moça abriu um belo e enorme sorriso de alívio:

— Ah! Brasileiro não vai atrasar meu lado, né?

Nisso, ela levantou a mão e demos um *high five* (aquele cumprimento de jogador de basquete) com sorriso de cumplicidade. Foi como se ela dissesse: "Temos que nos unir para captar divisas do turismo internacional."

Seja como for, saí de fininho e deixei o "gringo" lá. Ele que inventou de se passar por turista, ele que se virasse. Não foi preciso muito — a moça lhe deu um perdido assim que ele se negou a pagar bebida. Daí em diante, dançamos r&b de rádio e eurodance, sem maiores contratempos. Uma noite divertida. Não me falhe a memória, a decoração *kitsch* não mudou nada nesses 19 anos. Mas não posso dizer que a noite foi de todo sem surpresas.

1. Éramos dois homens e uma mulher. Eu e F. sequer fomos revistados na entrada. Já D. foi obrigada

a parar na chapelaria, mostrar documento e deixar a bolsa com a identidade lá. O documento fica "pra identificar a bolsa", explicou a moça da recepção, enquanto, com uma esferográfica, escrevia o número do escaninho no pulso de D. Depois a gente se pergunta como elas conseguem fazer a vida na Itália. Quem se vira na porta da Help atura qualquer agente de imigração.

2. A oferta era maior que a demanda. Parecia haver três brasileiras para cada gringo. Vida dura.
3. Já ouvira dizer que as frequentadoras da casa são bonitas e classudas. Sim, a maioria é. Ademais, do jeito que as patricinhas se vestem hoje, não dá mesmo pra perceber a diferença. E imaginava que os gringos seriam velhos babões. A maioria deles é jovem, e boa parte faria sucesso no 00. Vai entender. Pensando bem, dá para entender. Mas este é um jornal família.

10 DE JANEIRO DE 2004

Faturamento

Meia-noite e meia de sexta-feira e um filme *softcore* na tevê a cabo. Nada além do que sempre se vê num *softcore*, até porque a definição do termo é o filme pornô em que nada se vê. Mas àquela hora ainda não havia mais o que se ver naquela casa de strip-tease — vá lá, prostíbulo — em Copacabana.

O movimento obedecia a dois movimentos distintos. As profissionais em trajes obscenos circulavam com cara de tédio, enquanto os convidados da aniversariante chegavam com cara de entusiasmo obsceno. É, a casa de tolerância estava parcialmente reservada para o aniversário daquilo que se costumava chamar de jovem de boa família, e, portanto, decorada com balões de ar coloridos. Nada a estranhar. Rio de Janeiro, afinal de contas. Acabamos de celebrar 443 anos de baixaria, temos um passado a honrar.

Estranhei, sim, a transformação da Help num museu na tentativa de sanitizar a imagem da cidade — atitude que só vai tornar ainda mais obscuro esse mercado e potencializar os reais problemas ligados à prostituição na cidade —, mas isso já é digressão. Ali, naquela Help dos pobres na Copacabana dos pobres, não havia nada de estranho.

Uma da manhã e o canal a cabo emendou o filme *softcore* com um documentário sobre adolescentes suicidas.

As profissionais pareciam mais entediadas, e muitos convidados trocaram a excitação inicial pelo constrangimento. Que não se devia ao tema do documentário, nem a qualquer prurido moral, mas ao sentimento de culpa pela má distribuição de renda no país.

— Tô com a sensação de estar atrapalhando o trabalho dos outros — contristou-se alguém. — De vez em quando aparecem uns gringos na porta, eles veem a movimentação da nossa festa e vão embora. As meninas vão ficar no maior preju hoje. Por nossa causa!

Praticamente a sinopse de um filme brasileiro para exportação.

Uma e meia da manhã e, na tevê, o documentário dá lugar a um episódio de *Sex and the City*.

Uma das profissionais abre os trabalhos e sobe ao queijo. Ela rebola, rebola, rebola, sem parar. Depois desce, desce, desce, e sobe, sobe, sobe. Se ligou? De novo. Termina sem sutiã e com trocados na calcinha, enfiados por amigos e amigas generosos da aniversariante.

Duas e meia da manhã, e a tevê exibia um programa de turismo internacional pra gays. Glasgow ou Sydney, não lembro direito.

Conclamada pelo alto-falante, a aniversariante subiu no queijo, tentando acompanhar a movimentação da profissional. Um amigo mais engraçadinho botou uma nota de dois reais na saia dela. Daí pra frente, todas as convidadas, incluindo a mãe da aniversariante, subiram no queijo e tentaram — umas com maior sucesso, outras com maior superego — acompanhar as dançarinas no *pole dancing*. Catarse. Apupos. Notas de dois reais. Late, late, late, que eu tô passando.

Uma amiga desceu do queijo e veio me dizer que *eu* ganhei a noite. Por um momento, imaginei que ela ia me propor uma nova carreira, algo mais digno e útil que escrever.

— Vai render uma ótima crônica — explicou ela.

Difícil foi explicar que não. Nada rendia uma crônica, não havia fator de estranhamento, nada que perturbasse o olhar, tudo muito "Nelson Rodrigues for dummies — vol. 1". Se eu fosse capaz de sobreviver por meia hora no shopping Leblon, sairia com muito mais assunto, mas nada podia ser mais previsível que um aniversário de galera classe média num bordel de Copacabana.

Então me toquei que havia algo de muito estranho ali, uma questão insondável da natureza humana: por que diabos um prostíbulo de Copacabana deixa a tevê ligada no auge da noite?

Pra não dizer que não falei de flores, a noite teve um final feliz. No apagar das luzes, uma das amadoras perguntou a uma das profissionais se a movimentação do aniversário atrapalhou o ganha-pão delas. A moça respondeu com aplomb.

— Tem noite que a gente sai pra faturar, tem noite que a gente sai pra se divertir.

Quem não se reconhecer na frase, que atire a primeira calcinha.

8 DE MARÇO DE 2008

A droga
de uma geração

Nunca invejei quem viveu a juventude na década de 1960. Sim, reconheço que eles tiveram seus bons momentos: política com idealismo; revolução sexual; *nouvelle vague*. Por outro lado, os pobres coitados também tiveram que conviver com os Beatles e levar os filhos para assistir a *Guerra nas estrelas*. Sem falar no macramê. Numa coisa, contudo, a vantagem deles foi grande: as drogas.

Parece que estou incentivando o uso do LSD ou da maconha, mas meu tema é outro: finalmente percebi qual é a droga de minha geração. E não se trata de debater se é melhor ou pior que o LSD, mas, se Tim Leary e Jim Morrison ainda tentaram glamorizar os alucinógenos, quem há de dar essa trela aos psicotrópicos?

O substantivo em si é lindo. Imagina, parece nome de rave em Goa. Mas, na prática, é antidepressivo, contenção química, um tipo de droga feito pra embotar sentimentos, aparentemente impossível de glamorizar. Pensava assim até ouvir uma colega de trabalho tentando me convencer a me tornar usuário:

— Tão chique usar antidepressivo... — justificou ela.

— Pobre usa antidepressivo? Pobre toma cerveja, faz a mesma coisa que você já está fazendo. Você precisa marcar a sua classe social. Que remédio é?

— Triptanol.

— Ih, isso aí é servido em festa. O médico te deu uma receita de Trip de graça e você reclama? Se não quer, me arruma uma caixa.

O motivo pelo qual tenho em mãos uma receita de psicotrópico é aparentemente prosaico. Uma sucessão de problemas musculares levou o ortopedista a diagnosticar "tensões da vida moderna".

Vida moderna uma ova. Foi ele falar em antidepressivo para cenas de *Frances* e *Bicho de sete cabeças* passarem diante dos meus olhos. Já me imaginei com aquele olhar de ator-interpretando-maluco-pra-ganhar-prêmio, com um filete de baba espumosa escorrendo da boca.

Saí numa busca febril de opiniões de amigos a respeito. Queria apoio à decisão de não tomar o remédio. Qual o quê. Descobri que três entre quatro pessoas que conheço entre Rio e São Paulo na faixa dos 30 aos 30 e tantos anos tomam ou já tomaram psicotrópicos ou ansiolíticos ou coisa que o valha com alguma regularidade. Uma entre quatro pessoas pensa em tomar.

É só levantar o assunto numa roda e surge um *name dropping*: Frontal, Lorax, Rivotril, Laitan, Gardenal, Triptanol, Lex... E pensar que na época do *Prozac Nation*, o livro, eu achava que essas coisas eram esquisitices de gringo.

— Ainda chego no lítio! Hei de ter essa vitória — bradou alguém.

Ou o antidepressivo é a droga da minha geração, ou só conheço maluco. Sou pretensioso o suficiente para crer na primeira opção.

Até porque, senão essa, qual seria a droga dos cariocas balzaquianos do século XXI? Maconha? É tida como um hábito malcheiroso de gente com idade mental de 16 anos e isolada em Santerezolândia. Pouca gente com mais de 30 e menos de 50 fuma maconha; todas as exceções usam bierkenstocks. Cocaína? Tão anteontem. Lê-se a respeito em matérias sobre as FARCs e pronto. Ecstasy? Fala sério. Ecstasy no Rio é uma falácia para enganar clubber mal saído das fraldas. Fácil achar traficante de ecstasy nos clubs da cidade. Difícil achar um que tenha algum pra vender que não seja anfetamina pura.

Mas mesmo com tanta gente tentando me convencer de que psicotrópico é bobagem, a ideia de tomar um antidepressivo, mesmo que só pra controlar as "tensões da vida moderna", me deixa deprimido.

Primeiro porque uma coisa é ser maluco, outra é ter um papel carimbado com registro no CMRJ atestando isso. E depois... ser feliz não é um tanto idiotizante? É possível existir criatividade e inteligência sem angústia e ansiedade?

— Você vive no século XXI e não no XVIII para achar que tem que sofrer pra ser bom. E você é criativo mesmo de bom humor — respondeu alguém com fracassado espírito consolador, incapaz de apontar um exemplo de quando tenha me visto de bom humor, ou sendo criativo.

Ainda não decidi se tomo o remédio ou não. Claro, posso experimentar e parar depois. Mas tenho medo de consequências a longo prazo. Já pensou, ter flashback de felicidade?

16 DE MARÇO DE 2002

Geração anfetamina

O fato de nenhum dos dois precisar emagrecer jamais foi mencionado. Eles *queriam* emagrecer e ostentavam com orgulho duas caixas de um remédio anorexígeno tarja preta, conseguido com receita, sabe-se lá de que médico. O plano era simples: um mês tomando o remédio para perder os quilos supostamente extras.

— O chato é ter que ficar esse tempo sem beber — lamentou o rapaz. — Vou ter que me virar no ecstasy.

Tentei explicar que a droga em questão atacava mais o fígado e o coração que uma garrafa de uísque, isto é, ele não deveria combiná-la com o anorexígeno à base de anfetamina de jeito nenhum.

— Então o jeito é beber — concluiu.

Pouco mais tarde, ele e a amiga portavam copos de vodca misturada com uma daquelas bebidas gasosas cheias de cafeína, vulgarmente conhecidas como energéticos. Em pouco menos de meia hora, ambos estavam num estado que só consigo descrever com a expressão "não caber em si". Eles não cabiam em si. Não cabiam em lugar nenhum. Lembram-se do Roger Rabbit? Pois é.

Então fiquei sabendo que, naquela meia hora, cada um consumiu uma cartela de dez comprimidos tarja preta. Pra rebater, outras tantas doses de vodca com energético. O projeto de emagrecimento foi trocado por uma noitada à base de anfetamina, álcool e cafeína. Todas substâncias legais.

Não estávamos numa rave, nem num show de rock, nem num club de música eletrônica. E sim num show de Angela Ro Ro, de quem eles nunca tinham ouvido falar. O rapaz, de 20 anos, e a moça, de 19, ambos estudantes universitários, juntaram-se ao nosso grupo de balzaquianos por um fiapo de conhecimento em comum. No meio de uma balada da cantora quinquagenária, o rapaz de olhos vidrados me perguntou:

— Quantos anos você tem?

— Trinta e seis — respondi.

— Engraçado... As pessoas passam dos 30 como se fosse normal.

Nesse momento, ele despertou certa empatia. Também não acho normal passar dos 30.

Não vou posar de descobridor da pólvora, nem de ingênuo, e dizer que fui surpreendido, naquela noite, pelo uso de remédios com anfetaminas como *party drugs*. Isso é documentado há década e meia, pelo que sei. O particular daquela dupla estava num processo sem-fim de potencialização da excitação mesmo num ambiente que em nada favorecia tamanha agitação.

Se a minha é a geração do antidepressivo — constatei há alguns anos que não conheço ninguém desta faixa etária que não tome ou tenha tomado algum tipo de ansiolítico —, existe um choque natural com a geração anfetamina. Costumo conviver com gente que quer desestressar a todo custo, doa a quem doer. Não deixa de ser surpreendente ver esses jovens fazendo o caminho inverso, enchendo-se de química para ficarem mais pilhados, mais intensos, mais excitados, mais ansiosos, mais estressados. Pelo relato posterior da conhecida em comum, que lhes deu carona, foram de lá para outro bar, do bar para casa, de casa para a faculdade, e assim por diante, sem dormir, duas noites seguidas em claro. Ufa!

Eles não fazem muita questão, pelo menos agora, de passar dos 30, não lhes parece haver nada de muito interessante além desse horizonte. Talvez porque eles sofram da burrice inerente à juventude, talvez porque o mundo esteja mesmo muito desanimador. O que lhes interessa é o aqui e o agora, mentalidade natural dos 20 anos. O que me parece mais específico da geração anfetamina é que tem que ser *muito* aqui, e *muito* agora. Nos próximos dias, vão encontrar outros amigos da mesma idade e irão para um *club* ou para uma casa de praia, e vão tomar mais remédios lícitos com vinho de garrafão e possivelmente algumas drogas ilícitas, e vão ficar mais agitados, e mais excitados, e mais ansiosos, e mais estressados.

Talvez alguém devesse tentar convencê-los de que não é preciso viver *tanto* o aqui e agora, que é possível caber em si, que existe um horizonte depois dos 30. Se alguém achar os argumentos. Eu não os tenho.

1 DE OUTUBRO DE 2006

Cru

Carne moída e ovo, tudo cru, misturado numa meleca nojenta e deliciosa. "Como algo tão ruim pode ser tão bom?", perguntava a mim mesmo, atracado a um steak tartar no Bar Lagoa. Enquanto mastigava aquela pasta viscosa sob olhares de nojo do resto da mesa, pensava em minha amiga com fobia de germes.

À medida que o gosto de carne e ovo crus se alastrava pelas papilas, imaginava a cara que ela faria se estivesse ali. E me lembrava de nosso papo poucos dias antes.

A conversa era sobre drogas, das vendidas em farmácia, de preferência com tarja preta. Trocávamos experiências diversas sobre comprimidos — pílulas são redondas e coloridas, quem não gosta de coisas redondas e coloridas? —, e ela contou que certa vez teve overdose de analgésico. Tomou cinco remédios contra cólica de uma vez. Deu a maior onda, mas, como a bula dizia que morte súbita era um efeito possível, decidiu ir ao hospital.

Eu me lembrava disso e ao mesmo tempo pensava se valia pedir uma quentinha pros restos. Qual seria o gosto de meio steak tartar após uma noite na geladeira? Adiei a decisão e olhei o saleiro à frente. Saleiro é modo de dizer. O utensílio foi proibido pra salvaguardar a saúde pública. Sal, canudos e palitos agora vêm em saquinhos individuais no Rio. Fiquei aliviado em ver que o palito que eu não usaria estava livre de germes, enquanto dava mais uma garfada naquela gororoba crua de 27 reais.

Todo mundo que conheço discute obsessivamente tudo o que ingere, coisa de um mundo onde cientistas financiados por indústrias descobrem que chocolate faz mal num dia, no outro que faz bem. Tenho minhas dúvidas de que as pessoas estejam mais saudáveis, mas tenho certeza de que estão mais neuróticas. E o pior disso é essa onda de querer criar hábitos saudáveis por decreto — como proibir a venda de refrigerantes nas escolas e o uso de saleiros à mesa.

Gente não é coerente e iluminada. Não é pra ser. Sempre haverá quem se preocupe tanto com a saúde que morra de medo de germes, mas é propenso a exagerar no remédio. E manés que têm medo de remédio, mas comem coisas cruas cheias de bactérias.

E qual a relevância disso? Nenhuma. É que ando perturbado por ver que, tanto na disputa eleitoral dos EUA quanto na de Nova Iguaçu, se discutem mais apaixonadamente questões de foro íntimo de indivíduos, como aborto e homossexualismo, que interesses gerais como educação, segurança, saneamento. Mundo afora, o Estado quer controlar cada vez mais o que as pessoas fazem consigo mesmas, e impedir crianças de engordar é mais um degrau de ridículo nesse Zeitgeist. Qual o próximo passo? A criminalização da aspirina, do sushi, do steak tartar?

16 DE OUTUBRO DE 2004

Sexo e críquete

Rádio do táxi ligado no programa de um padre católico carismático. Diz ele que tem a solução para os casais que não conseguem realizar sua vida sexual: rezar antes.

— É a hora de Deus — completou.

Foi a primeira perversão sexual a me chocar desde *Saló*, de Pasolini, e do clipe de "Baby one more time", de Britney. Não bastava a associação de Pelé ao Viagra, agora Deus? E como se reza nessa hora? "Elevai-me, Pai"? E chamar alguém mais para ajudar na cama não vai contra preceitos do sacrossanto casamento? Eu, hein.

Lendo *Alms for Oblivion*, de Simon Raven, escritor inglês obcecado pela desonestidade das classes altas, sexo e críquete (sexo e críquete não seriam excludentes?), dei de cara com um insight sobre como os anglicanos pernósticos da Inglaterra dos anos 1950 viam os católicos. Diz um personagem a certa altura que os católicos têm uma incrível facilidade para adequar seus conceitos morais a suas necessidades circunstanciais.

E assim, no oitavo dia, fez-se um certo país da América do Sul.

Essa maleabilidade se manifesta aqui de várias formas. Nas últimas semanas, tropecei com várias delas. Soube que um grupo de amigos de amigos de Santa Teresa deixou de fumar maconha depois da morte de Tim Lopes, imbuídos do espírito de retirar a sustentação ao sistema do tráfico. Graduaram pro ecstasy.

Uma amiga disse que seu casamento funciona muito bem, já que suas escapadas com mulheres são permitidas (com homens, não). O marido, contudo, é levado ali, no cabresto.

Tem o casal gay em crise porque não consegue estabelecer regras de exceção à monogamia. Um acha que sexo anônimo não é traição, mas beijar outrem num *club*, sim, pois significaria "dar atenção a outra pessoa". A outra ponta do casal discorda.

É, mudam as famílias brasileiras, muda o formato. Mas o "jogo de cintura moral" — aquele que vem desde a época em que era aceitável que o marido tivesse amante, mas a esposa não, desde a época em que só era gay o que ficava de bruços, desde a época em que a sua filha tinha de ser virgem, mas a colega dela não — continua firme.

E não falo disso com o menor tom de crítica, muito pelo contrário, a característica descrita por Simon Raven é uma das poucas da cultura católica que ainda acho interessantes mesmo depois de optar pelo ateísmo. Contanto que não envolva dinheiro público e promessas de campanha, o "jogo de cintura moral" é o que nos torna menos chatos.

17 DE AGOSTO DE 2002

Adolescência

Tenho horror a nostalgia, se alguém começa uma frase com "no meu tempo", é bom emendar com um comentário autopejorativo sobre o corte de cabelo que usava, senão nem ouço o resto, uso logo o método infalível pra não prestar atenção no que me é dito: cantarolo mentalmente "Poeira", da Ivete Sangalo.

Mas coerência não faz parte da longa lista de males que me afligem, então este é um texto nostálgico. Ando com nostalgia da angústia adolescente.

No meu tempo, eu ficava deprimido. Aliás, todo mundo ficava. Lia-se *O mito de Sísifo*, de Camus, e a *Náusea*, de Sartre. Ouvia-se Smiths. Assistia-se a *Trinta anos esta noite*, de Louis Malle. A maior parte dessas coisas, na verdade, nem era do nosso tempo, mas estava em voga nos anos 1980. E ficávamos deprimidos pela falta de sentido da existência.

Mas minha geração — pelo menos o microcosmo que conheço — passou pelo aniversário de 30 anos e se esqueceu de dar um tiro na cabeça, como titio Malle ensinara no filme. Sobrevivemos por culpa de remédios tarja preta ou simplesmente por ficarmos de saco cheio de tanta inexorabilidade. E nos esquecemos de como era nobre ficar deprimido pela falta de sentido da existência.

Tiro por mim. Hoje em dia, o que mais me deprime é a arrogância do casalzinho. Eu, que já prometi nunca mais sair da cama depois de ler um livro de Clarice Lispector, agora repito tais bravatas por causa da Rosinha Garotinho. Quanta decadência!

A angústia adolescente era muito melhor, mais saudável e digna que as angústias da vida adulta. Tem gente que aos 17 anos entrava em depressão porque ouvia This Mortal Coil, e aos 34 vira ameba porque o pagamento atrasa e precisa pedir dinheiro emprestado — uma melancolia sem qualquer *allure*.

Deprê de adolescente é sublime, deprê de adulto é cafona e pueril. Vejamos outros exemplos: adolescente quer fugir dos pais e tem Freud pra ampará-lo; adulto quer fugir do chefe e ameaça abrir uma pousada na Região dos Lagos ou lê manuais de autoajuda sobre como gerenciar a carreira. Quando chega em casa, o adolescente se tranca no quarto pra bater a cabeça na parede; o adulto tem de lidar com a infiltração na cozinha e o aquecedor a gás quebrado. Na adolescência, o algoz do seu ânimo é J.D. Salinger; na vida adulta, é o senhorio. Você vira adulto quando o cotidiano o assola mais que a vida.

Sem falar em todas as mudanças físicas. Aos 15, os hormônios tomam conta do rapaz, e ele se angustia pela desproporção quantitativa entre o sexo que fantasia e o que pratica. Aos 30 e poucos, o homem continua só pensando em sexo, mas sua angústia é prever o prazo de validade dos hormônios antes de precisar recorrer à química. Aos 15, as moças entristecem por amores não correspondidos; aos 30, elas têm ataques de insegurança porque não sabem escrever mensagem de texto no celular.

Pra piorar, até a lei da gravidade contribui pra você se tornar mais superficial depois dos 30. Quando a sua barriga se torna um drama maior que seu próprio umbigo, não há mais dúvidas, você é um adulto. O passo seguinte é acreditar que era bobo na adolescência e, agora sim, está maduro e sábio. Pura enganação.

30 DE OUTUBRO DE 2004

Por quê?

Estava dentro do ônibus, assistindo à vida pela janela, quando vejo, na rua, um rapaz com camiseta de cor gritante emoldurando a pergunta em letras berrantes: "Por quê?" Levei um susto. Por que o quê? Isso é pergunta que se faça logo de manhã? A seco?

Seria um novo movimento social? Uma célula de terrorismo psicológico que espalharia perguntas sem resposta pela cidade, com o objetivo de criar questionamentos excruciantes nos trabalhadores, levando-os a entrar em crise existencial a caminho do trabalho e vagar pelas ruas, desestabilizando a economia?

Segundos depois, percebi que o rapaz estava à porta de uma loja de eletrodomésticos que, como todo mundo já viu na tevê, tem o "por quê?" como refrão do jingle de seus anúncios. Ufa! Era só mais uma campanha publicitária tola. Mas o estrago estava feito, voltei à idade dos porquês.

Por que a gente desconhece o sentido da existência?

Por que todo motorista de táxi, quando chega ao destino, fica distraído olhando pela janela, enquanto você segura o dinheiro na mão estendida, querendo pagar a corrida e sair logo dali para se livrar da pregação evangélica no rádio e do cheiro adocicado do sachê aromatizador?

Por que os americanos elegeram o Bush?

Por que o porteiro sempre quer que você pegue a correspondência quando está saindo de casa, em vez de entregá-la quando você está chegando?

Por que a vida não tem valor no Rio de Janeiro?

Por que o Belmonte insiste em abrir mais filiais padronizadas com luz branca e paredes verde-água, mcdonaldizando os botequins, pra deixar o cotidiano do carioca cada vez mais sem charme?

Por que Deus não dá um sinal se Ele existe mesmo?

Por que restaurantes insistem em chamar macarrão frio de salada? Por que as pessoas cismam em chamar macarrão de massa? E massa de pasta?

Por que a corrupção se tornou tão endêmica no Brasil?

Por que certas pessoas não se tocam que é grosseria começar frases com "você tem que...", num tom de quem paga seu salário? Tipo: "Você tem que ver esse filme." "Tô a fim não." "Mas você *tem* que ver." Ou "Você tem que parar de fumar", como se fosse a primeira vez na vida que você ouvisse sobre os males do fumo.

Por que o homem depredou tanto o meio ambiente?

Por que não estava por perto pra dar uma boa resposta quando aquela senhora cancelou a matrícula na academia ao descobrir que o porteiro do seu prédio também malhava lá?

Por que o Brasil comporta Gabeira e Severino?

Por que gastei 330 reais com as três doses da vacina contra hepatite A, se o objetivo era comer em paz as ostras baratas da Adega Pérola, que custam 12 reais a meia dúzia?

Por que Clarice Lispector, a partir de uma viagem de bonde pelo mesmo trajeto, a partir da mesma visão de um personagem que deveria ser corriqueiro, mas se faz insólito (no caso dela, um cego mascando chiclete), conseguiu perturbar o equilíbrio mental de gerações de leitores com o conto "Amor", e eu só consigo escrever estas tantas bobagens?

Por que não tenho o abdômen do Brad Pitt?

Por que nunca consigo entender a lógica das campanhas publicitárias?

Sei lá.

10 DE SETEMBRO DE 2005

Os tímidos

O cenário, claro, era uma mesa de bar. O assunto, como de hábito, falar mal dos outros. Nada particularmente pernicioso, "falar mal", no sentido "mesa de bar" do termo, é apenas zoar com as idiossincrasias de amigos ausentes. Até que alguém se queixou da antipatia de outrem, e a vítima foi defendida:

— Ela não é antipática! É só tímida.
— E desde quando isso é defesa?

A partir daí, a mesa de quatro se dividiu em dois times de totó, em jogo cuja bola era a timidez. Segue versão pouco fidedigna do embate:

— Tímida é o escambau. Ela é antipática. Soletra comigo: ene-o-jota-e-ene-tê-a, antipática.
— Até porque timidez não existe.
— Como não? Você mesmo é tímido.
— Tímido nada. Sou antipático assumido. Tímido é o antipático no armário.
— Ou o burro que posa de inteligente. Vive com aquela cara de quem pensa muito, mas não vai falar nada porque é tímido. Na real, não tem nada a dizer.

— Bobagem. Eu sei como é porque sou tímido, não sei como agir em situações sociais.

— Vá mentir assim pra quem não te conhece! "Não sei como agir", vírgula, você não gosta de gente, tem o mais absoluto fastio pela humanidade, é misantropo, esnobe e antipático, só convence como tímido por conta dessa cara de Meu Querido Pônei.

— Vá te fuder!

— É óbvio que a credibilidade da timidez depende do biotipo. Se um sósia do John Malkovich sentar aqui e não participar da conversa, vão achar que ele é antipático. Se for um tipo Elijah Wood, vão dizer que é tímido. O antipático só precisa ter pestanas compridas pra parecer tímido.

— Com mulher é ainda mais simples. Mulher bonita de poucas palavras é nojenta. Se for feia, tadinha, acham que é tímida.

— Vocês estão todos malucos. Timidez não é um disfarce pra antipatia, é um disfarce pra insegurança.

— Olha aí a grande falácia da timidez. Insegurança é volátil. Gente com um mínimo de sanidade mental não é insegura ou segura o tempo todo, cada um tem seus gatilhos de segurança e de insegurança, mas todo mundo fala do "tímido" como se fosse uma característica inerente àquele indivíduo, como ser gordo ou narigudo. Não é ficar inseguro ao lado de desconhecidos que justifica agir como se a timidez fosse título nobiliárquico.

— Verdade. Tem gente que compra aquelas bandeirolas de feltro com um desenho do Snoopy e as características do seu signo, vendidas por ambulantes de Santa Teresa, e usa isso como se fosse um brasão. Pendura o Snoopy na porta da cozinha e, pronto, enche a boca para falar de si mesmo: "Eu sou tímido", em tom de autocomiseração para disfarçar o autoelogio.

— Essa teoria de que "timidez" é um nome bonito pra "antipatia" tem uma grande falha: nem todo antipático é tímido e nem todo extrovertido é simpático. O que mais tem por aí é gente que fala à beça, trata todo mundo bem, não para de sorrir um minuto, tem a maior desenvoltura social, mas é tão autorreferencial e cheia de si que consegue ser profundamente antipática.

— Isso que você descreveu não tem nada a ver com simpatia ou antipatia, timidez ou extroversão. É outro assunto, é outra coisa.

— É o que, então?

— É o carioca, pô.

20 DE MAIO DE 2006

Os boçais

O cara olha os jardins de Burle Marx, a baía de um lado e a Cinelândia de outro, e comenta:
— Bonito isto aqui. Pena ser tão mal aproveitado.
A interlocutora concorda, aliviada por encontrar alguém igualmente preocupado com o MAM em tempos bicudos. Aí ele completa o... digamos... raciocínio:
— Tinha que derrubar tudo, aproveitar a vista, fazer um hotel com uma boate maneira.
Curiosidade etimológica: o Aurélio atesta que "boçal" era usado para designar o escravo recém-trazido, desconhecedor da língua portuguesa. Hoje o termo designa preferencialmente aquele que é "estúpido, rude, grosseiro", mas não por falta de oportunidade, isto é, o grosseirão das altas castas. O boçal pra valer é, como o exemplar acima, um endinheirado com bala na agulha pra, se bobear, comprar o MAM e botar abaixo. É uma subespécie que chegou ao Brasil no início da colonização e mantém o hábito predatório de falar e falar pra dizer sempre a mesma coisa: "Sou o topo da cadeia alimentar."

João Ximenes Braga | A dominatrix *gorda*

Claro que os boçais se espalham pelo mundo, mas cabe lembrar que o Brasil é o país com maior desigualdade de distribuição de renda depois de Namíbia, Lesoto e Serra Leoa. Aqui os boçais encontram condições ideais de acasalamento e reprodução.

Basta ler o jornal pra ver que o Rio, particularmente, conta com boçais em altas instâncias do Legislativo e do Executivo. Temos ainda os boçais que viram notícia por arrumar confusão em boate ou espancar gays e guardas de trânsito. Os espécimes mais comuns, contudo, são os boçais anônimos, predadores que atacam por emboscadas, sem estardalhaço.

Quantos dias seguidos um carioca do bem passa sem ouvir uma nova boçalidade? Você pode estar assistindo ao *RJTV* na sala de espera do médico e, ao seu lado, uma jovem senhora clama pela volta da ditadura militar, pois então "não tinha violência". Ou vai beber com o amigo arquiteto, e ele conta dos clientes que lhe pagam pra comprar livros pela cor e tamanho pra preencher estantes. Ou entra numa loja e vê a mulher dizer ao vendedor: "Cinzeiro!", com exclamação e sem "Por favor", e quando ele responde educadamente que não é permitido fumar ela joga o cigarro aceso no chão. E por aí vai.

A minha pérola de boçalidade favorita partiu do mesmo espécime que queria destruir o MAM. De outra feita, ele estava descontente com a nova cor do cabelo da esposa. Mas gostou da tintura de uma colega de trabalho dela. Então ordenou à sua senhora, na frente de um monte de gente:

— Corta um pedaço do cabelo dela, leva no cabeleireiro e diz que eu quero assim.

24 DE JULHO DE 2004

Maravilha

Numa recente troca de e-mails, acusei minha interlocutora de otimista. Ela devolveu: "E isso não é bom?" Respondi sem pensar: "Dizem que sim, mas nunca experimentei." Otimismo é um barato estranho, quando vejo alguém nessa onda, fico meio cabreiro. Mergulhado num ambiente que exala otimismo por todos os cantos, sinto-me mais fora de ordem que a governadora jogando isopor na Lagoa.

Vivi tal situação em noite de domingo no Grupo OK, uma congregação gay no Centro. Fui levado lá, junto a um pequeno grupo de amigos, pela editora de um grande veículo da imprensa carioca. Ela era convidada de seu maquiador, VIPerérrima, mas a mesa que lhe fora reservada estava ocupada. Tentaram dar um jeito nisso, e tive que intervir:

— De jeito nenhum! Não vão fazer uma senhora de 80 anos se levantar por nossa causa! Olha o estatuto do idoso!

É que a maciça maioria dos associados do Grupo OK está na dita melhor idade.

Fomos acomodados em cadeiras ao lado do palco, esperamos terminar o bingo e começar o espetáculo, cuja primeira parte consistia num talk-show com Elke Maravilha. Como o sobrenome já denota, Elke é de um otimismo extremo. É também inteligente. Diria mais: brilhante. E, como toda mente brilhante, tem um raciocínio caudaloso, nem sempre rigoroso.

Falando da vinda de seus pais (ele russo, ela alemã) para o Brasil, de sua criação no interior, de seus contatos com a comunidade negra e diferentes religiões, ela faltava em rigor na mesma medida em que se excedia na apologia à nossa mistura.

Não pensem que estou fazendo troça. O que me desconcertava ali era o flagrante otimismo, o discurso sobre um Brasil destinado a ser um país maravilhoso, e a certeza de ser só questão de tempo. Tentei olhar em volta para ver se o público reagia como eu. Ao contrário: cada ruga de expressão na plateia (e eram muitas rugas) demonstrava concordância com Elke. Comentei a respeito com o amigo ao meu lado, e ele respondeu:

— Esses caras sobreviveram a Jânio, Costa e Silva, Collor, Sarney. Eram gays na ditadura militar, quando nem a esquerda festiva dava apoio. Não fossem otimistas, iam estar vivos pra jogar bingo na Riachuelo, num domingo à noite?

Aí me assustei. Estávamos, de fato, infiltrados numa célula otimista.

Então começou o show propriamente dito. Dublagem, claro. Dois rapazes vestidos como paródias venezuelanas a Albertinho Limonta dublaram canções italianas. Uma dragsenhora, com impressionante elasticidade nas pernas e menos plásticas no rosto que muitas atrizes de sua geração, dublou canções francesas. Uma caricata vestida de freira fez piada com Gounod. Uma moça cheinha ("ela é mulher", anunciou o host) dublou Maria Rita. Enquanto isso, na plateia, Elke Maravilha comia azeitonas ao lado de Carmen Miranda. Provavelmente não a própria, e sim uma drag vestida de Carmen Miranda; mas, a essa altura, já não tinha certeza.

O que mais impressionou foi o repertório. Partiram de "Não quero saber mais dela", de Sinhô ("Eu bem sei que tu és donzela/Mas isto é uma coisa à toa/Mulata, lá na favela/Mora muita gente boa") e chegaram a "A minha alma", do Rappa ("As grades do condomínio/são pra trazer proteção/mas também trazem a dúvida/se é você que está nessa prisão"), dentre tantos extremos. A quintessência da noite, quem diria, na voz de Deborah (ganha um doce quem lembrar) Blando, com seu medley de "Aquarela do Brasil", de Ary Barroso, com "Brasil", de Cazuza, dublada por um travesti de músculos poderosos.

Cantou-se o Brasil ingênuo, promissor, e o Brasil desiludido. Para uma plateia de dignos sobreviventes, embriagados pelo discurso otimista da ex-jurada do Chacrinha, sentados em mesas dobráveis de metal num sobrado necessitado de reformas. Um daqueles momentos em que o Brasil mostra a sua cara, e a gente acha que, enfim, entendeu tudo.

22 DE OUTUBRO DE 2005

Maminha

Estava com o pessoal da firma numa churrascaria no Leblon quando vejo M. esbugalhar os olhos e deixar o queixo cair. Virei pra trás, curioso, em busca do que o assustara. Não adiantou muito, pois tudo naquele lugar estava acima do nível de bizarria a que estou acostumado, mas logo M. conseguiu balbuciar uma orientação:
— Aqueles três ali... É um casal pagando a puta pra sair com eles!?
Entendi a razão da queda de queixo. Um casal idoso e uma moça que... digamos... era bem jovem, bonita e, sobretudo, vistosa. Porte garrido, andar que favorecia seus atributos físicos supostamente naturais e roupas que... quer saber? Dava pra entender a reação de M., mas a ideia de um casal de idosos pagar uma puta pra acompanhá-los já era por demais desafiadora. Não pelo *ménage à trois*, mas ora, diabos, a uma churrascaria?!
Ofereci meus serviços de investigação. Fui "ao banheiro" pra dar um jeito de passar perto deles, observei o trio com atenção e discrição, voltei à mesa.

— Não é puta, não. Se for, está de folga. É filha do casal, ou pelo menos da mulher. Não dá pra notar a semelhança logo de cara porque os lábios da moça foram tão aumentados e os olhos da coroa tão repuxados que elas mal parecem ser da mesma espécie, mas os narizes são naturais e iguaizinhos. O figurino pode não combinar com o roteiro, mas são mãe e filha num prosaico jantar de família. Sou capaz de comer um sushi de churrascaria se alguém me provar errado.

M. suspirou fundo, pensativo. Certamente divagava sobre a indumentária contemporânea. Aí me lembrei de fazer uma pergunta indiscreta:

— Você tem filhas pequenas, né?
— Duas. Mas tô criando pra virar homem.

[**]

Só eu acho esquisitíssimo começar uma frase com "estava numa churrascaria" na primeira pessoa? Não adianta, não me conformo com essa hipérbole de barbárie da nossa cultura. Não que seja vegetariano, ao contrário, sou um carnívoro voraz, e se o cadáver vier sangrando, aromatizado por carvão e tratado no sal grosso, tanto melhor. Meu problema não é com o sangue derramado, mas com o que merecia ser derramado... Aquela gente toda falando alto, amontoada em mesas longas, empanturrando-se de comida além da vontade e do estômago, aquele garçom que interrompe nossa conversa enfiando um espeto de cupim entre os nossos narizes, aquele outro que vem flambar uma banana atrás de você como se o ar-condicionado desse vazão à voracidade daquela gente ansiosa por levar vantagem sobre o preço do rodízio. Sempre que vou a uma churrascaria, penso que realmente nasci no lugar errado. Merecia viver num desses países civilizados, onde a janta começa com lesma e termina com pudim de rim, mas pelo menos ninguém conversa.

[**]

Logo, logo, chegou mais um comensal à mesa que tanta espécie causara aos meus. O casal idoso e a moça de boa família indevidamente chamada de puta receberam a companhia de um rapaz fortinho, com gel no cabelo, camisa estampada e relógio dourado. A movimentação deixou claro que era a apresentação do namorado aos pais.

Debatemos se o rapaz era jogador de futebol, pagodeiro, delegado da PF ou executivo paulista, sem chegar a uma conclusão. Só não havia dúvidas de que era o homem perfeito para aquela moça.

De fato, desde que a indústria da moda começou a investir pesado na potencialização da sexualidade, muitas mulheres já não sabem mais o que comunicar, quando comunicar, a quem comunicar.

Mas aquela ali sabia direitinho. Que sejam felizes pra sempre.

24 DE JANEIRO DE 2009

Suruba I

O cinema fez muito mal ao sexo, tanto o sério quanto o pornográfico. Em algum momento sempre tem um corte e, presto!, tudo se encaixa, no sentido literal ou não do verbo, com perfeição. Na literatura, então, a gente quase sempre tem aquela explosão de sentimentos e sensações e nada de mecânica real, mas todos sabemos que nem sempre é tão simples, e quinta passada tive um choque brutal de realidade em termos de sexo. Enquanto cronista, claro.

Tudo na Festa 18A, que se propõe a ser uma extensão do já datado suingue, a popular troca de casais, hoje chamada de sexo liberal porque a troca é, digamos, mais ampla e não só entre casais. São dois andares de um hotel de pouca categoria no Centro, onde homens e mulheres circulam por corredores com o papel de parede mais horrendo jamais produzido e escolhem quartos pra exercer diferentes modalidades de sexo grupal (quase sempre) heterossexual.

Na noite em que fui, o quarto maior era destinado ao campeonato carioca de gang bang. Pra quem não sabe, diga-

mos que é uma inversão da tradicional situação machista do homem que se gaba de ter várias mulheres ao mesmo tempo. O que não quer dizer que seja um ato feminista. É pura e simplesmente um ato de perversão (uso o termo sem condenação, apenas no sentido de "alteração de comportamento normativo").
    E é aqui que voltamos ao choque de realidade sobre a mecânica do sexo. Em dado momento, o mestre de cerimônias foi obrigado a pedir que o gang bang fosse transferido pra outro quarto porque o estrado da cama não ia lá muito bem das pernas.
    Na vida de pessoas que praticam sexo aos pares, as questões mecânicas podem ter a ver com a cama que range, o fluxo de sangue que foi insatisfatório, um fio de cabelo que entrou no nariz na hora errada, um cotovelo mal colocado, essas banalidades. Numa noite de sexo liberal, também. Só que em público.

Os corredores do hotel são pudicos. Neles você circula com os amigos, cerveja em punho, sem qualquer incômodo. E os quartos variam basicamente entre os iluminados, os pouco iluminados e os sem qualquer luz. Nestes últimos, não entramos, mas ficamos à porta, ouvindo frases esparsas tipo "Dedo, não, tira o dedo, tira o dedo!", "A Jane taí?", "Tô", "Peraí, quantas pessoas tão aqui dentro?". Uma comédia pastelão radiofônica.
    Nos quartos iluminados, a situação era, na falta de melhor expressão, mais clara. As inadequações mecânicas de perna pra cá, perna pra lá, chega pra lá, chega pra cá, olha o

cotovelo culminaram na bronca pública a um rapaz, convocado a ceder o lugar na fila por não conseguir verticalizar seu desejo.

O grupo que me acompanhava viu e ouviu isso tudo com certo estranhamento. Se houvesse algum pendor ao moralismo, sequer teríamos ido lá, mas, para o não praticante de sexo liberal, é difícil compreender tanto desprendimento. Danem-se as imperfeições físicas, dane-se a hipótese da impotência súbita, danem-se o cotovelo mal colocado, o cabelo que entra no nariz, a dificuldade de abrir a embalagem da camisinha. Não há a fantasia do sexo literário ou cinematográfico em que explodem sensações e tudo dá certo. O praticante de sexo liberal é aquele que anda de carro sem medo de o pneu furar no Rebouças, de o carburador entupir, de o para-choque sair riscado. Enfim, não se intimida com a mecânica. Nesse ponto, e só nesse, é assustador.

Essa visita à Festa 18A foi na semana em que o papa esteve no Brasil e a Igreja Católica parecia possuída de uma sanha totalitária de impingir sua doutrina a todo um país como se este fosse composto apenas de seus fiéis. Também por isso, a festa foi um choque brutal de realidade: por mais que tentem nos uniformizar, a humanidade sempre será diversificada, nunca haverá um único credo, uma única moral.

19 DE MAIO DE 2007

Suruba II

Conta um amigo que, nos tempos imemoriais do Regine's, conhecida senhora da alta sociedade carioca foi convidada a dar o ar de sua graça numa suruba e reagiu indignada.
— Imagina se sou mulher de suruba?! — disse, completando em seguida: — Dois ou três casais amigos, vá lá...
Ilustrativo para esclarecer que suruba não é bagunça, sobretudo se chamada pelo termo politicamente correto de agora, "sexo liberal". Sempre há limites e regras, verbalizados ou não. Há quase dois anos, num daqueles surtos de falta de assunto, fui pela primeira vez a uma festa do gênero, a 18A. O mandachuva da parada, que atende pelo nome artístico de Marido da Alice, me explicou então que havia uma única regra clara na cena carioca: vale tudo, sobretudo mulher com mulher, mas nunca homem com homem. Não era uma regra imposta pelo evento, mas pelos próprios frequentadores. Até o praticante mais liberal, aquele que põe a senhora sua esposa para participar do campeonato de gang bang, não admitiria

ver dois homens se tocando. Sexo liberal é ambiente de respeito, ora essa.

Quando escrevi sobre a 18A, nem toquei nessa questão, de tão óbvia me parecia. Daí minha surpresa quando recebi o convite da "All couple's party" — a primeira festa para todos os casais (héteros, gays e bissexuais) na única boate do Rio exclusiva para casais. Ué?! De repente o carioca ficou tão assim... digamos... esclarecido? Tão esclarecido que até os suingueiros, último bastião de conservadorismo, se renderam à diversidade sexual?

A pergunta não me saía da cabeça e assim fui pela segunda vez na vida a uma festa de suingue, desta feita, a "All couple's party". Esperava encontrar o lugar às moscas. Pela lógica, suingueiros hétero não baixariam as calças num espaço com gays, e estes prefeririam uma sauna qualquer ao risco de ver genitálias femininas em funcionamento. Bem, o carioca está mais... digamos... esclarecido do que eu imaginava. Bem mais. Tinha fila na porta da 2A2, uma pequena boate em Copacabana (duh!) convenientemente localizada ao lado de um hospital.

No primeiro andar, a pista de dança era tão diversificada quanto a de qualquer boate carioca daquelas que os decrépitos chamam de "moderninha". Havia pares homem/mulher (a grande maioria), homem/homem e mulher/mulher (na verdade, só um) dançando aos beijos ou namorandinho pelos cantos. Pessoas de todas as idades e tamanhos, em diversos graus de favorecimento genético. Só um diferencial entregava que era clube de suingue e não uma boate "moderninha": um profundo, intenso, acachapante e generalizado mau gosto no vestir.

No segundo andar, a cafonice já não era tão notada. Num grande corredor com pouca luz e muitos sofás, o povo formava montinhos e mandava ver no "sexo liberal". Detalhes? O leitor que use da própria imaginação, que sou vulgar mas não sou pornógrafo. Só vou dizer que era uma suruba muito esclarecida. Podiam se ver homens em conluio carnal com a mulher do próximo sem se importar que, a poucos centímetros, dois ou mais senhores fizessem tudo aquilo que em geral enche de horror a imaginação de um usuário do sexo feminino. E ninguém discriminava ninguém.

Isso posto, embora tudo acontecesse no mesmo ambiente e à vista de todos, o que não observei em momento algum foi um participante de montinho hétero dar um pulo num montinho gay ou vice-versa. Cada um no seu quadrado, ainda que sem paredes. E vocês aí achando que suruba é bagunça!

13 DE DEZEMBRO DE 2008

Suruba III

A gente nem bem entrou e já havia um rapaz de jeans, tênis e regata vermelha no chão, sendo pisado por uma moça de vestido e escarpim pretos. A primeira coisa que vem à mente é "coitado, e se o salto atingir o baço?". Mas claro que surpreso eu não estava, pois já fizera outras incursões em bares e boates de temática sadomasoquista.

Esta era a primeira vez, contudo, que ia a um evento do gênero no Brasil. Seria diferente? Bem, saí da festa Fetixe Domination (é, com "x") nutrindo a sensação de que era aquilo mesmo que eu devia ter imaginado se tivesse me dado ao trabalho de.

A festa acontece numa sauna nos arredores da Praça XV, a dois passos de uma badalada boate de axé music, o que pode causar certa confusão para o iniciante. Na dúvida, saiba que a festa de sexo sadomasoquista é a que *não* tem fila dobrando o quarteirão. Mas há um quê de micareta no SM à carioca, uma certa chacrinha que se vê logo de cara na falta de rigor na vestimenta.

Podíamos ver uma dominatrix com cara de secretária da faculdade e vestido de vinil preto oversized; uma galera de tênis e camiseta que poderia ter saído da Casa da Matriz; senhores de camisa social que poderiam ser frequentadores da sauna, possivelmente desavisados de que, dado o evento, a casa estava desprovida de prostituição. Sem falar que o único diferencial no décor eram duas modestas cruzes de Santo André (cruz em X usada para se amarrar quem vai apanhar).

Agora, apesar de a coisa não parecer séria, não quer dizer que não seja. À medida que a noite passava, e os frequentadores se animavam, surgiam pequenas peças exibicionistas de *bondage, spanking, flogging, waxing* e *play piercing*, um monte de coisas que, na era Google e sendo este um jornal família, nem preciso, nem devo explicar. Tudo profissa. Até certo ponto.

O rapaz da regata vermelha se submeteu a diversas sessões de *trampling*, uma extensão radical da podolatria que significa ser usado como tapete. Numa delas, virou zona. Sabe aquela coisa de fila à brasileira? Pela chance de limpar suas solas no tórax do rapaz deitado no chão, as moçoilas perderam a compostura, deram cotovelada, empurrão, furaram fila, teve até "peraí, agora é minha vez". Aí você olhava em volta e via escravos(as) e dominadores(as) rindo, batendo papo, descontração carioca, tipo happy hour no Beco da Sardinha.

O leitor assíduo há de lembrar quando croniquei sobre a 18A, uma festa de sexo liberal onde o mais espantoso era o desprendimento com a mecânica do sexo. Na Fetixe Domination não há contato genital, pelo menos não em público, pois no SM não importa a mecânica, e sim a encenação, o ritual, o cerimonial. Aqui, espanta o desprendimento... para com o ritual.

Não há cerimonial que resista numa cidade onde as pessoas vão a festas black-tie de All Star. Fica a critério do leitor decidir se isso é porque o carioca é "descontraído", "irreverente" ou "zoneado", "desrespeitoso". E a cena SM carioca, por mais que repita as práticas e os nomes em inglês, acaba sendo mais carioca que SM.

Então chega a hora de ir embora. Arregimento o pequeno grupo de sete pessoas que me acompanhara em minha incursão profissional. Faltavam três donzelas. Saí à cata. Pra quê? Acabei flagrando-as numa sessão de pedicure com um rapaz podólatra. O rapaz estava com o dedão de uma das minhas amigas enfiado na boca. Ao me ouvir falar em retirada estratégica, ele tirou o dedão da boca.

— Aí, brow, quebra o galho pro teu camarada, espera mais cinco minutos.

E engoliu o dedão novamente. Disse pra ele que tudo bem, mas avisei às moças:

— Não se entusiasmem muito, ainda tão esperando a gente num aniversário em Copacabana.

16 DE JUNHO DE 2007

Relações internacionais

NOVA YORK. Nunca me esqueço de Marcello Mastroianni contando, numa entrevista, da primeira vez que seduziu uma americana. Antes dos finalmentes, ela pediu licença pra escovar os dentes, e até o implacável Mastroianni teve seu dia de belo Antonio. Americano é bicho esquisito. Pra início de conversa: como pode ser bem-sucedida a relação entre homens e mulheres num país onde eles têm a bunda maior que elas?

Reza a última *New York* que existem 3,1 milhões de solteiros na cidade, mas as coisas não andam lá muito animadas. Dos homens, 45% tiveram entre zero e duas parceiras sexuais no último ano. Das mulheres, 73% estão nessa situação. Para uma cidade já comparada às responsáveis pelos momentos mais animados do Velho Testamento, esse índice leva a três possíveis conclusões: Nova York levou a fama literalmente sem deitar na cama; a fama foi criada pelos poucos que se saem bem na pesquisa (4% dos homens e 1% das mulheres tiveram mais de 15 parceiros no período); o governo moralista do prefeito Giuliani surtiu efeito.

Andei fazendo uma pesquisa por conta própria — sempre com distanciamento científico, claro — sobre a vida de solteiro em NY, com um foco bem específico: relacionamentos interplanetários, digo, de brasileiros(as) com americanas(os). Ainda não consegui fechar os índices, até porque, fosse capaz de fazer contas, teria virado engenheiro nuclear ou caixa de supermercado, não escritor. Mas cheguei a algumas conclusões preliminares, pouco animadoras pra quem acredita na harmonia entre os povos:

1) Americano é esquisito. Outro dia, num restaurante, uma brasileira explicou aos outros comensais por que acabara de pegar o telefone do garçom: estava solteira e se recusava a permitir que seu último relacionamento a deixasse traumatizada. E tinha razão pra ficar. Seu mais recente caso não beijava, fazia todo o resto, mas não beijava.

2) Americano é esquisito mesmo. A história acima pode parecer coisa de maluco, mas nem. A dificuldade em demonstrar intimidade é motivo de queixa de todas as brasileiras pesquisadas. Uma delas disse que, no caldeirão étnico de Nova York, já deu tempo de morrer nas carnes da Irlanda, da Rússia e da Martinica, entre outras. Mas nessa pequena volta ao mundo chegou à conclusão de que os americanos são os mais esquisitos: "Sexo com eles é asséptico, se é que você me entende." Não, não dá para entender.

3) Americano é esquisito à beça. Um entrevistado conta que, depois de dois ou três encontros com

uma moça americana, ela perguntou se ele a amava. Ele tentou dizer da forma mais gentil possível que era um pouco cedo pra isso. Ela chorou. Americanos parecem achar que dizer "I love you" é fácil como se perder no Central Park. Uma entrevistada diz que não se trata de eles estarem mentindo ou banalizando a coisa. Simplesmente não entendem a própria língua e não sabem o que estão falando.

4) Americano é esquisito pacas. E pão-duro. Uma brasileira conta que, depois de um ano morando com o namorado, ele cobrou uma dívida de 400 dólares feita na mudança. "Ele disse que já tinha rompido relações com seu melhor amigo por causa de uma dívida de 200 dólares, e não queria que a história se repetisse." Ela pagou.

5) Americano é esquisito pra caramba. Nada contra prezarem sua independência, mas que dizer do cara que brigou com a namorada brasileira porque ela quis fazer uma surpresa e lavou o banheiro dele?

6) Americano é muito, muito esquisito. Ele não "sai com" alguém, ele tem um *date*, palavra que a rigor pode ser traduzida como "encontro", mas tem um significado mais específico. A situação é mais ou menos a de "saudade" no português: não é que o sentimento não exista em outras línguas, mas o fato de haver um substantivo só pra ele acaba superdimensionando sua importância (convenhamos, saudade dá e passa, só compositor de MPB morre disso). Na verdade, não se faz nada num *date* que

seja lá tão diferente do que um casal do Brasil faz em sua primeira saída. Jantar, talvez cinema, talvez uns drinques, talvez sexo (segundo a pesquisa da *New York*, 48% dos nova-iorquinos nunca transam no primeiro *date*). Mas a existência de tal substantivo já comprova que o evento tem por aqui dimensão dantesca e uma série de rituais. Um homem só diz "Vamos sair?" se for apenas amizade. Se for algo mais, o convite é: "Vamos sair num *date*?" Uma das entrevistadas foi a um destes, só que na subcategoria *blind date*, às cegas, tudo armado por uma terceira parte, um não conhecia o outro até o momento em que ele bateu à porta dela. Fosse no Rio, a terceira parte chamaria todo mundo pro chope e jogaria um papo mole na apresentação. Mas com a palavra *date* no meio a intenção era absolutamente explícita, sem oportunidade de saída honrosa em caso de desastre. Bem, o desastre aconteceu. A moça descreve o rapaz como "um tribufu sem nada a ver comigo". Quando ela gentilmente recusou seus convites para um segundo *date*, ele rompeu relações com a amiga em comum que havia promovido o encontro.

7) Americano também acha brasileiro esquisito. Um deles descreveu sua ex-namorada brasileira como a "pessoa mais obsessiva e ciumenta que já conheceu". Diz ela que só queria transar todo dia.

Pode-se dizer que minha pesquisa não tem rigor científico e apenas corrobora estereótipos. Qual não?

28 DE MARÇO DE 1998

"Oh, yeah!"

NOVA YORK. Depois que comecei a coletar histórias de relacionamentos sexuais/afetivos intergaláticos — entre nativos dos trópicos e conterrâneos de Rudolph Giuliani —, novos casos começaram a cair na minha mão, todos confirmando a tese da impossibilidade. Penso em fazer um relatório e enviar à ONU, requisitando a proibição definitiva desse tipo de relacionamento, para o bem de todas as partes envolvidas.

Enquanto isso, apresento aqui novas evidências acumuladas.

Um conhecido brasileiro estava saindo com uma moça americana, sua primeira. As coisas iam bem, tinham bastante afinidade. Quer dizer, ela vinha do interior da Virgínia, gostava de folk music, planejava deixar de comer carne, ficou surpresa ao saber que o Brasil era maior que a Itália e estava "em busca de sua espiritualidade". Ele é carioca. Mas conseguiam se divertir juntos.

O problema era o sexo. Esse rapaz tem um nome comum, mas de difícil pronúncia pra anglo-saxões — nem tanto quanto João, claro. Da primeira vez que foram pra cama, ele descobriu que a moça tinha o mau hábito de gritar o nome do parceiro na hora H, aquela associada ao ponto G. Até aí, tudo bem, mas a pronúncia era insuportável.

O rapaz ficou tão incomodado com aquilo que não conseguiu chegar a uma, digamos, conclusão. No dia seguinte, sugeriu sutilmente que ela lhe desse um apelido. A moça gostou da ideia e criou uma corruptela americanizada do nome dele. Quando voltaram ao ninho de amor, ela já o chamava pelo codinome carinhoso. E o fez com o já conhecido entusiasmo na hora H. Ele, com a cabeça em outras coisas, parou tudo e perguntou:

— Quem? Quem?

A única solução foi apelar à sensibilidade feminina da moça e ao hábito nova-iorquino de discutir cada detalhe de um relacionamento. Abriu o coração, ela foi compreensiva e amorosa, e se comprometeu a não mais falar durante o sexo. Terceira tentativa. Chega a hora H, e a moça grita: "Oh, yeah! Oh, yeah!" Relata o rapaz:

— Não deu mais. Parecia coisa de filme pornô americano que eu via quando tinha 15 anos; achei que tava transando com a Marilyn Chambers.

Ela acabou terminando o relacionamento, e bateu a porta acusando-o de ser um machista latino com dificuldades pra aceitar o prazer feminino. Os amigos gozam da sua cara, dizendo que ele deveria ter mantido a boca da moça ocupada com atividades mais produtivas. E o rapaz decidiu que é melhor evitar as exceções e sair em busca da regra, digo, do estereótipo das nova-iorquinas frias na cama.

9 DE MAIO DE 1998

Comprem
um cachorro

NOVA YORK. Estou cada vez mais convencido de que relacionamento amoroso nesta cidade é impossível. Ainda saio por aí com um cartaz de papelão: "Desistam de tudo e comprem um cachorro." É só a conclusão tirada das mais recentes histórias de amigos que insistem em se arriscar:

Casal A. Uma brasileira foi morar com um americano depois de um breve namoro. Uma vez instalada, aprendeu as regras da casa. O namorado encomendava comida pronta, deixada diariamente na porta em bolsas térmicas. Mas só pra ele. A ela, ensinou o caminho do supermercado.

Assim foi instaurado o separatismo gastronômico na casa. A ponto de ele chegar por trás dela na cozinha e perguntar:

— Você comprou essa sopa ou pegou no meu armário?

Eventualmente, a regra era quebrada. Certa vez, por exemplo, ele comprou salsichas e fez cachorro-quente para os dois. Só que, naquela tarde, havia um amigo dele na casa, a quem nada foi oferecido. Conta a moça:

— Fiquei constrangidíssima, mas o que fazer? Eu só tinha comprado o pão. A salsicha era dele, lá sabia se podia oferecer?

Casal A passou por duas reconciliações e três rompimentos, durante um total de 33 dias.

Casal B. Um amigo veio me contar que saíra pra jantar com "um sósia do jovem Paul Newman com o senso de estilo de Sid Vicious, formado numa universidade Ivy League". Haviam se conhecido num bar. No dia seguinte, "Paul Newman" já ligava, chamando-o para um drinque. As bebidas chegaram e, segundo meu amigo, o diálogo foi mais ou menos esse, começando com uma indagação de "Paul Newman":

— O que você acha de filmes pornô?
— Em geral?
— Você faria um?
— Por dinheiro ou chantagem?
— É que me chamaram pra participar de um, amador. O cara organiza uma orgia, filma e depois vende na internet. Sempre tive essa fantasia.

O resto da noite se desenvolveu num debate ético sobre *to porn or not to porn*.

Casal B durou duas horas, quatro cervejas e dois copos de gim barato. Meu amigo diz não saber a que conclusão "Paul Newman" chegou. Nem quer.

Casal C. Outro amigo, músico, conheceu uma moça num bar. Quando ele contou que tocava oboé, ela disse:

— Uau, você deve ser ótimo de sexo oral.

Ela emendou o papo descrevendo suas recentes experiências com pênis "desavantajados" e listando suas exigências básicas de forma, comprimento, circunferência e odor.

Casal C durou aproximadamente 20 minutos e meio *pint* de cerveja.

Temo que a única justificativa para se manter um relacionamento amoroso em Nova York seja o mais absoluto desespero. Caso da amiga que vai se casar este ano. Como ela vive se queixando de sua família no Líbano ser religiosa e conservadora, perguntei o que eles achavam de ela estar para trocar alianças em cerimônia pagã.

— Estão aliviados porque, na minha idade, achavam que eu era caso perdido. Já fiz 27 anos! Até americano cristão é melhor que nada.

Esse casal vai ter filhos.

15 DE ABRIL DE 2000

Grandes questões

De todos os mistérios inescrutáveis da alma feminina, o que mais me intriga é a peculiaridade de seu raciocínio espacial. Por que as mulheres nunca contabilizam seus acessórios e periféricos ao se movimentar? Tentarei explicar.

Movimentar-se na urbe é uma negociação. Inconscientemente, você observa o espaço à frente, calcula sua própria massa corporal e decide se deve avançar, desviar-se ou pedir licença. A maioria das mulheres, contudo, nunca adiciona seus acessórios à equação.

O exemplo mais típico pode ser observado em botequins com pouco espaço entre as mesas, tipo Jobi. Mulheres andam por elas com esmero, desviando cuidadosamente nádegas e culotes de cotovelos e mãos bobas, mas a bolsa é deixada a seu bel-prazer. No caminho, o acessório esmaga umas tantas orelhas de comensais sentados, derruba outras tantas tulipas de chope. E a dona da bolsa nunca se dá conta.

Sim, homens também esbarram na multidão, quando estão bêbados ou acham que seus ombros são para-choques de caminhão e que o resto do mundo é obrigado a abrir alas a sua "superioridade" física. Mas os que assim agem são tidos como boçais. Já entre as mulheres, a questão da bolsa e outros acessórios é geral e absoluta.

    Andei refletindo sobre essa questão de suma importância num recente show do Nação Zumbi. Ao meu lado, uma moça dançava, fazendo evoluções com os braços como se fosse corista de Daniela Mercury. Em nenhum momento parecia se lembrar de que, numa das mãos, havia um cigarro aceso. Antes de ser queimado, me afastei. Logo outra moça, dona de uma longa cabeleira, se postou à minha frente. No refrão de "Macô", pulou freneticamente. Ganhei uma limpeza de pele gratuita: seu rabo de cavalo espanou minha cara diversas vezes. Atordoado, fui salvo pelo namorado dela, que a convenceu a fazer um coque.

    A esta altura, deve ter gente achando que esta coluna é misógina. Talvez. Mas já ouvi várias mulheres tecendo o mesmo tipo de consideração sobre seus pares. Uma amiga se viu numa situação constrangedora na fila de entrada da quadra da Mangueira. Cansada de ser espetada nas costas, virou pra trás e mandou:

— Desculpa, mas seu silicone está me incomodando.

24 DE JANEIRO DE 2004

Testosterona

Essa é do tempo em que eu ainda dirigia. Havia dois amigos de carona comigo, um lutador de jiu-jítsu, a outra, tipo assim, gótica. Sei que isso parece uma daquelas piadas na linha "o rabino, o padre e o papagaio perdidos no deserto", mas é verdade. No caminho, a diversão da gótica era sacanear o jiu-jiteiro com aquele papo de "essas lutas de homem se agarrando, é tudo gay etc.".

Eu, quieto, concentrado em dirigir, até que apelaram ao meu voto de minerva.

— Gays não hão de ser, mas é coisa de homem que gosta mais de homem que de mulher.

O jiu-jiteiro ficou indignado, precisei me explicar. Homens heterossexuais, muito grosso modo, se dividem em duas categorias: os que gostam de homens e os que gostam de mulheres. Em ambos os casos, como estamos falando de heterossexuais, gostam de fazer sexo com mulheres, gostam do corpo da mulher, se apaixonam por mulheres.

Mas há uma gradação entre aqueles que realmente tiram prazer de todo o processo da sedução, da companhia feminina, do feminino absoluto, e aqueles que preferem mil vezes só transar com mulheres e passar o resto do tempo jogando futebol, assistindo a lutas de vale-tudo, saindo com os amigos pro chope e se atracando com outro macho no tatame.

Lembrei disso na mesa do bar quando descobri que uma amiga com profundo conhecimento do inglês não conhecia as expressões "man's man" e "woman's man". Ela achou que eu estava inventando, precisei pagar o mico de citar os versos mais famosos dos Bee Gees ("This is the way I do my walk, I'm a woman's man, no time to talk"). Lembrei também de uma fala assaz ilustrativa do péssimo filme *Seis dias, sete noites*. Quando o avião cai, e Harrison Ford e a loura se veem perdidos numa ilha deserta, ela pergunta:

— Você não é um desses "man's man" que entram na mata com um canivete e constroem um shopping center?

Útil ter uma memória ocupada por inutilidades que sequer podem ser chamadas de cultura pop, ao menos ajudou a explicar o que minha amiga se recusava a entender, usando referências óbvias: o personagem de John Travolta no *Embalos de sábado à noite* é a quintessência do "woman's man", tanto quanto o mesmo ator em *Pulp fiction* é um "man's man". Para ficar em personagens mais emblemáticos, James Bond é o perfeito "woman's man", Indiana Jones é o "man's man".

Tudo explicado, essa amiga disse que isso é coisa de gringo.

— Por isso não existe expressão equivalente no Brasil. Brasileiro é machista, aqui só existe "man's man", o resto é tudo bicha — vaticinou, com um machismo e uma homofobia virulentos de que só uma mulher em fúria é capaz. *Hell hath no fury...*

Tentei explicar que não precisa ir ao cinema pra ver isso, é só ir à praia no Coqueirão. Saca a diferença entre os caras que passam a tarde toda jogando alguma coisa na beira da água pra atrapalhar os banhistas e os que ficam de papo, em pé, jogando charme pra cada menina que passa. Vai ao Baixo Gávea, saca os caras que estão ali bebendo na rua, comparando músculos e puxando cabelo das moças, e os que estão nas mesas sorrindo para as mulheres feias.

Cansado de tentar explicar a diferença entre os homens heterossexuais que gostam de mulher e os que gostam de homens sem que isso tenha a ver com homossexualismo ou machismo, apelei ao estereótipo mais baixo e reducionista possível da antropologia de botequim.

— Ao sul do equador existe equivalente, sim. Traduz o "man's man" como "brasileiro", e o "woman's man" como "carioca".

2 DE JUNHO DE 2007

Relógio biológico

Ela, brasileira. Ele, canadense, morador de Paris. Conheceram-se numa sauna gay no Rio e, creiam, esta é a parte "normal" da história. Naquele dia, a sauna estava fechada para uma festa particular de aniversário. Ele, turista, tinha um amigo em comum com a aniversariante. Ela estava curtindo uma recém-separação.

A primeira troca de olhares na sauna gay já era de amor à primeira vista, mas certa timidez de ambos os lados retardou um pouco a explosão. Até que um casal amigo dela decidiu se impor: na saída da sauna, o sol já nascendo em Ipanema, arrastaram os tímidos para tomar café da manhã de levedo e cevada num quiosque da praia. Logo os cupidos foram embora, deixando nossa protagonista a sós com o canadense. Não demorou muito, estavam na casa dela. Coisa de quem tem idade pra virar a noite de sábado e ainda transar o domingo inteiro.

Ele voltou para Paris apaixonado, começaram a manter uma relação via internet, ele insistindo em vê-la de novo.

A partir daqui, acabou a parte "normal" da história.
Vamos ao esquisito: ele a chamou pra passar o Natal com ele no Canadá. Com ele e a família dele. Pai, mãe, cachorro, o bagulho todo.
Um primeiro encontro na sauna gay, tudo bem, mas um segundo encontro com a família? Três semanas de sexo via webcam e já está apresentando pra mãe? Qualquer homem normal espera um tempo antes de apresentar a namorada à família. No mínimo uns seis meses. De preferência, duas décadas.
Os amigos da moça ficamos deveras preocupados.
— Esse cara é um pervertido.
— Vai te vender como escrava sexual.
— Vai te emparedar no porão, que nem aquele velho da Áustria.
— Vai é botar você pra lavar a roupa da família toda, isso sim. Brasileira, tá achando o quê?
Agora começa a parte *muito* esquisita da história.
Ela foi passar o Natal com a família dele, e todos aqui ficamos apreensivos por notícias, já pensando em contatar a embaixada brasileira no Canadá, a Interpol, a milícia de Rio das Pedras, qualquer coisa. Mas ela voltou com relatos de um conto de Natal com flocos de neve e velhinhos canadenses sorridentes e receptivos.
Os amigos da moça ficamos divididos.
— Que alívio!
— Alívio? Que mãe é essa que recebe em casa uma namorada bra-si-lei-ra e acha normal? Aí tem!
Não à toa, quando a moça começou a ter pequenos problemas de saúde e descobriu estar com concentração de alumínio no sangue, os amigos fizemos coro:

— Envenenamento, ele tá envenenando você!

Seja como for, o namoro transatlântico está para fazer seis meses de webcam e alguns poucos encontros de carne e osso. E parecia ter entrado na normalidade. Pelo menos assim eu acreditava, até reencontrar a moça por esses dias. Lá pela segunda garrafa de cerveja, alguém na mesa fez a pergunta fatal:

— E aí, como vai o canadense?

Ela suspirou. Levou as mãos à cabeça pra fazer um pouco de drama, enrolou com a história para um tanto de suspense e, por fim, soltou:

— Ele tá me enchendo o saco pra ir morar em Paris.

— E a parte ruim de morar em Paris é...

— Que ele quer ter filho!

— Com você? Agora?

— É, agora. Quer que eu mude pra Paris rápido porque quer ter filho logo. Cismou que, na idade em que está, já devia ser pai.

— E quantos anos ele tem?

— Trinta e três.

Fez-se silêncio na mesa. Silêncio pesado. Demorado. Até que alguém disse:

— Só me faltava essa agora... Homem com relógio biológico.

Outro acrescentou, pesaroso:

— Gostava mais dele quando era um psicopata que ia te vender como escrava sexual.

A moça apenas suspirou, concordando.

31 DE MAIO DE 2009

Testosterona e estrogênio

Era um prosaico almoço de domingo entre adultos quando chegaram os convidados com filhos, mais precisamente um casal de gêmeos de um ano e meio, e eis que o encontro se transforma num tubo de ensaio dos comportamentos masculino e feminino. Desviantes da tradição folhetinesca de gêmea boa e gêmea má, eram os gêmeos Testosterona e Estrogênio, mesmo sabendo que falta mais de uma década para entrarem na puberdade e os hormônios se manifestarem de fato.

Estrogênio chegou de fininho, olhou em volta com olhos grandes, sentou-se no chão a um canto, atrapalhando a passagem entre a sala e a cozinha, isto é, entre os adultos e a cerveja. Não fez qualquer tentativa de aproximação com os convivas, apenas lançava olhares lânguidos, simultaneamente sedutores e desconfiados, deixando claro desde o início que os outros é que deveriam ir até ela. Só decidiu circular depois de examinar todo o terreno, testar as pessoas, amaciá-las com suas bochechas redondas.

Já Testosterona chegou e foi logo mostrando a que veio, praticamente a invasão dos visigodos de um homem só, ou, melhor dizendo, a invasão dos visigodos de meio metro só. Em menos de 15 minutos pela casa, fez uma limpa nas estantes espalhando livros e CDs pelo chão, quebrou um brinquedo de colecionador do dono da casa, derramou iogurte no sofá, não deixou uma conversa sem interrupção. Energia de guerreiro. Destruiu para conquistar, dominou a área, marcou território.

Mas também, exigir o que de pessoas que ainda nem aprenderam a falar? Pior são aqueles que crescem e continuam reféns da própria natureza. Homens adultos que continuam se portando como visigodos em espaços públicos. Mulheres adultas que continuam usando a sedução como forma de se impor. Estou certo de que não será o caso dos meus dois tubos de ensaio.

No almoço, uma vez que a situação se acalmou, os adultos começamos a conversar sobre esse contraste. E, apesar de sabermos que o mundo — ou pelo menos o Rio de Janeiro — é dominado por pitboys e cachorras que se portam como se ainda não tivessem aprendido a falar, observamos que, pelo menos no nosso meio, supostamente civilizado, a maturidade traz certa inversão de atitudes. Depois dos 30, as mulheres ficam cada vez mais turronas, mandonas, os homens cada vez mais modorrentos, plácidos, sem energia.

Não cheguei a nenhuma conclusão melhor que a de J:

— O menino gasta toda a energia de uma vez. Meninas observam, caladas, durante anos. Ou seja, economizam energia como uma placa solar. Aí, quando estamos gordos de cerveja, parados diante das tevês ou do balcão do boteco, sem vontade de falar mais nada, elas estão acesas, discutindo a relação, o cabelo da cunhada, o culote da amiga, o mau gosto da fulana do quinto andar.

14 DE JULHO DE 2007

A mulher cafajeste

Neste mundo de "Bridget Jones" em que as mulheres parecem não ter mais o que fazer além de choramingar a falta de homem, nada melhor que ter uma amiga cafajeste pra refrescar o ambiente.

A mulher cafajeste é um espécime raro. Não tem nada a ver com a cachorra, que é tão somente uma versão pós-funk da velha rameira. A cachorra é, no fundo, uma perua submissa. A mulher cafajeste, não, está sempre no controle da situação.

É aquela que, num show na praia de Copacabana, interrompe o discurso de M.V. Bill sobre as desigualdades sociais pra gritar:

— Tira a camisa, pô.

É aquela que reencontra um velho amigo de anos, pega carona com ele e, quando ele menciona que já tinha ido a uma festa em seu prédio, ela diz:

— Ah, já conhece mesmo, então sobe.

É aquela que, já em casa, depois da noitada de sábado, recebe um telefonema de um paquera querendo saber onde ela está, se quer ir à festa tal etc. E responde:

— Melhor você vir direto para cá que eu já passei meus cremes e não vou sair mais.

E o que não falta é homem querendo ser mulher de malandro.

21 DE OUTUBRO DE 2002

Gays e héteros

Aconteceu noite dessas num dos poucos lugares do Rio, tipo Dama de Ferro e Fosfobox, onde gays e héteros se misturam como se esta cidade até fosse cosmopolita. Gaudêncio* estava sentado. Chega um homem por trás dele, deita a mão em seu ombro e pergunta:

— Tem que pagar pra sentar aí?

Gaudêncio olha de soslaio. Levanta-se e vai falar com a senhora dona patroa.

— Acabei de levar uma cantada de um cara.

— Quem?

— Ali, de camisa assim, assado.

— Mas é o Abelardo!* — respondeu ela, às gargalhadas.

Abelardo, que de fato é gay, e Gaudêncio, hétero, conhecem-se há tempos, assim como seus respectivos consortes. Dois casais com vários amigos em comum, que se encontram sempre.

* Os nomes são falsos, que eu não sou bobo nem nada.

Surgiram várias interpretações possíveis para a situação. Estaria Abelardo passando uma cantada no amigo hétero, na linha "se colar, colou"?

— Com o meu namorado do lado e a mulher dele à frente? — perguntou Abelardo. — E depois, por que me interessar por um cara hétero se até as mulheres vivem dizendo que eles não servem pra nada?

Abelardo jura que ao falar "pagar pra sentar" estava pedindo licença pra usar a cadeira ao lado e botar o papo em dia com o agora quase ex-amigo.

— O problema dos héteros é que são treinados desde o banco do colégio pra fazer trocadilhos com sexo anal, e como não amadurecem nunca, você fala em "sentar" perto deles e já pensam em duplo sentido.

Pode ser. Por esse prisma, até faz sentido que Gaudêncio tenha interpretado o "pagar pra sentar" como uma cantada. O grande mistério é: como ele não percebeu que se tratava de um velho amigo? Excesso de álcool?

— Excesso de confiança — responde a mulher dele. — Se acha gostoso demais, sempre parte do princípio que está levando cantada.

— Falta de confiança, isso sim — diz outro amigo gay. — Hétero é sempre assim. Por mais que tenha amigos gays, por mais que conviva com eles, não supera o preconceito e a fobia.

— Mentira! — defende-se a suposta vítima da suposta cantada. — Fiquei muito lisonjeado, isso sim.

— Mas, se você não ficou cego de vaidade nem de medo, por que não reconheceu o cara?

— Sei lá, tô louca!

12 DE AGOSTO DE 2006

Guerra I

Pai indignado se deu ao luxo de procurar o jornal pra reclamar de que a proibição de jogar bola no Parque Lage não abria exceção a sua filhinha. "Uma menina correndo atrás da bola não incomoda ninguém", dizia. Comando pra Terra com uma notícia incrível: incomoda, sim. E muito. Uma menina correndo atrás da bola, em geral, grita. Voz de criança, em geral, é estridente. E, ainda que seja uma bola de plástico leve, pode danificar as plantas.

Seria precipitado concluir que este é mais um caso de pais que não sabem impor limites aos filhos. Provavelmente é apenas outra evidência da guerra travada no cotidiano da classe média: de um lado, os com-filhos (chamemo-los de CF); de outro, os sem-filhos (SF).

Não são necessariamente antagonistas, mas duas espécies de animais de comportamento díspar, obrigadas a partilhar o mesmo território. A questão anda na minha cabeça desde que presenciei um raro momento de sinceridade e respeito. Estava num almoço de domingo regado a chope e picanha.

Ao lado da minha mesa boêmia, havia uma familiar, cheia de crianças. Elas incomodavam, sim, mas estávamos resignados. Até que, na mesa de cá, uma jornalista, casada, revelou sua intenção de procriar a médio prazo. Outra jornalista, também casada, disse:

— Você sabe que quando isso acontecer a gente vai parar de falar com você, né?

Ainda não acredita que CF e SF vivem em dimensões paralelas? Vejam a história de outra amiga que foi dormir pela primeira vez com um pai divorciado. Ela acorda, ele não está mais na cama. Chama pelo nome. Ouve a voz saindo da porta aberta do banheiro:

— Tô fazendo cocô!

Não bastava estar de porta aberta, não bastava dar informação desnecessária sobre o que estava fazendo, tinha que usar aquela palavra infantil?!

— Já tinha reparado o mesmo com amigas que tiveram filhos. Chafurdam em fraldas e acham que merda é a coisa mais natural do mundo. Vivem no limiar da coprofagia — resignou-se a moça, à frente de um chope.

O problema reside num estranho mecanismo que é acionado logo após o parto e faz com que todo CF perca um neurônio específico da região do desconfiômetro, justo aquele que informa ao cérebro que, sim, sua criança é a coisa mais fofa de toda a galáxia, mas isso não significa que o resto do mundo partilhe do seu entusiasmo. Não faria mal distribuir um folheto nas maternidades ensinando os CF a se comportar junto aos SF:

1. Registros fotográficos de batizado, aniversários e, sobretudo, do parto devem circular apenas entre pais e avós.
2. Para um SF, leite é algo que se pinga no café. Qualquer referência a leite produzido por animais outros que não vacas e cabras é terminantemente proibida. Sobretudo durante as refeições.
3. Ninguém está realmente interessado se você anda dormindo pouco. Sabe aquele sorriso de solidariedade dos amigos SF ao ouvir suas queixas? É falso. Até porque eles também andam dormindo pouco, mas suas razões não são levadas em conta.

E por que não um manual ensinando os SF a se portarem frente aos CF? Bem, porque os SF já são o lado mais fraco da corda.

Quem admite não ter particular interesse por crianças é logo tachado de desalmado. Pior, os SF são discriminados no trabalho. Outra amiga, que até pensa em ter filhos, queixa-se de que o lobby das mamães é mais poderoso que o dos ruralistas em Brasília. Uma festa na escola é suficiente para que todas as mães se mobilizem pra rearranjar a escala de plantão da coleguinha. Já as SF são vistas como gente que nunca têm nada de importante a fazer.

— Só porque não tenho filho não posso tirar licença-maternidade? Isso é discriminação — reivindica.

18 DE SETEMBRO DE 2004

Guerra II

Argumento típico de filme de terror: grupo de amigos vai celebrar data festiva em mansão isolada na serra. Na estrada, os protagonistas estão excitados, mas começam a perceber que um deles esconde um segredo. Ao chegar ao sombrio sítio, o clima é frio e chuvoso (ou há neblina, se preferirem). Eles saltam dos carros, giram a chave, a porta range, acendem a luz, e o segredo é revelado.

— Crianças!! Há crianças na casa! E adolescentes!

Isso tudo não chegou a acontecer. Mas esteve prestes a.

O fato é que a divergência de interesses entre CF e SF existe, e poucos CF se dão conta disso. Nova prova foi esse projeto de réveillon num sítio que reuniria cinco casais balzaquianos, com e sem filhos. Eu não tinha qualquer participação na história, mas, num esforço de jornalismo investigativo, tive acesso a uma troca de e-mails dos quais reproduzirei trechos.

A primeira coisa a incomodar os SF foi perceber que, na divisão das despesas, pagariam a mesma quantia que os casais CF. Não me surpreende. Em geral, os CF acham que o mundo todo gira em torno de seus filhos, então por que os outros não pagariam por eles? Mas isso nem foi o mais grave.

Eis o desespero de uma SF, registrado por e-mail, ao descobrir que teria que conviver com cinco crianças e adolescentes numa casa isolada: "Elas vão querer meu Bono de chocolate! E assistir a DVDs infantis na única TV da casa! E fazer barulho ao meio-dia, quando é meu melhor sono! Vão querer comer junto com a gente na mesa! Eu não vou poder fumar!" Comentário de outra SF: "Só falta alguém levar a sogra..."

Por fim, os casais SF pularam fora. Resposta de uma CF a uma SF: "Vocês farão muita falta e, se eu soubesse que você não gosta de aborrecentes, afogaria todos no laguinho. Mas eles também podem ser úteis, buscando cerveja e realizando outras atividades de esparro não remunerado. Mas compreendo sua antipatia. Como és cachopa pós-adolescente, ficaste com medo de ser confundida com as amigas delas e ter sua coleção de fotos do Felipe Dylon remexidas por estas pivetes. Mas repito, vocês farão muita falta durante o campeonato de arrotos, no arremesso de caroços de azeitona, nas corridas de pedalinho e de carrinhos no supermercado e em tantos outros momentos bonitos."

Pensando bem... biscoito de chocolate, arremesso de caroços de azeitona... Tinha algum adulto no grupo?

11 DE DEZEMBRO DE 2004

Ironia do destino

Dia de Cosme e Damião, minha *liaison* com o mundo da umbanda aconselhou a comprar um saco de doces e dar a uma criança qualquer. Disse ela que era uma boa forma de dar uma puxada de saco no erê — as entidades infantis. Como bom ateu materialista *e* brasileiro que sou, acredito piamente em macumba e costumo fazer tudo que essa amiga manda.

— Mas não me dirijo a ninguém com menos de 16 anos — respondi. — Avisa quando tiver alguma coisa de Exu, Preto Velho, essa galera mais da minha praia.

— Menino, erê abre caminho no chute. Só não vai dar o doce na frente da mãe porque ela é capaz de chamar a polícia. Tenta uma criança de rua.

— Então precisa sair da cidade, né? No Rio, elas só aceitam em espécie.

No fim da tarde já estava numa roda de samba, aniversário do Janjão, e tinha esquecido todas as recomendações. O engraçado desses raros eventos vespertinos é encontrar seus amigos CF acompanhados... dos filhos! O que sempre rende novas possibilidades de chutar cachorro morto, isto é, azucrinar a vida de quem já padece no paraíso. Por exemplo, ao ver pela primeira vez o bebê lourinho de um amigo de cabelos castanhos, tive a oportunidade de dizer:

— Fala a verdade, quando você sai com ele na pracinha, perguntam se você é a babá?

Algumas cervejas adiante, uma amiga sentiu necessidade de glicose e, em vez de rumarmos para o hospital, avisaram que no fundo da quadra havia uma mesa de doces. Fui com ela a título de ombro amigo, mas não resisti ao chamado do açúcar e, bem no momento em que estava atracado a uma maria-mole, surgiu um desconhecido metido a engraçadinho:

— Na coluna você sacaneia quem tem filho, mas tá aí comendo o doce das criancinhas...

— Meu amigo, se um dia você me vir comendo uma criancinha, aí a gente conversa.

Não sou de ter muita paciência com esse hábito carioca de ser íntimo de desconhecido, mas na real o diálogo teve um tom bem mais amigável do que a reprodução por escrito leva a crer. Só que dali a pouco caiu a grande ficha: é Cosme e Damião, *cazzo*! Era pra eu ter dado doce para algum moleque! Mas não só passei a tarde soltando piadas biliosas sobre Com-Filhos e crianças, ainda comi a última maria-mole da mesa! Pronto, os erês vão fechar todos os meus caminhos, não existe azeite de dendê suficiente pra dar jeito nisso!

Dois sambas adiante, reencontrei o engraçadinho com um garoto de seus 10 anos. Seu filho, pelo que tudo levava a crer. Os dois em pleno entrevero, pois o moleque pisara onde não devia e, no meio da festa, o dublê de pai e piadista estava sendo obrigado a meter a mão na merda pra limpar o tênis. Fiquei na minha, mas deu muita vontade de dizer:

— Aí, malandro, tu tava certo, procriar é maneiro paca, muito compensador...

Enfim, fiquei despreocupado. Não sei direito em que acredito, mas tenho fé na ironia do destino. Não em destino, mas na ironia do destino, o que quer dizer apenas que o dictério sempre predomina no final.

4 DE OUTUBRO DE 2008

Tá, Baco?

Está apreciando um cigarrinho pós-café enquanto lê esta crônica? Caso sim, aproveite enquanto ainda pode fumar em casa. Se nenhuma liminar de última hora tiver atrapalhado os planos de César Maia, hoje entra em vigor o decreto que há de acabar com áreas e santuários para fumantes no Rio.

Esse cerco ao cigarro nunca vai perder o cheiro de cerceamento de liberdades individuais, mas, quer saber?, foi, passou, cansou. Perdeu, playboy. É um movimento universal, só resta se conformar. Tentar lutar pelo direito de fumar em boates, bares e restaurantes, a esta altura, é igualar-se a um padre pregando a abstinência sexual, é tentar conter o mundo com as mãos.

Hora de pensar no futuro. Moramos numa cidade em que não há qualquer consciência do outro, e todo mundo incomoda todo mundo o tempo todo. Só o incômodo causado pelo cigarro foi capaz de gerar alguma mobilização, mas quem sabe abriu jurisprudência a novas leis que nos permitam sentar pra comer com um pouco de paz? A saber:

Art. 1º– Trata da formação de mesas com quatro ou mais indivíduos do mesmo sexo e orientação sexual. Você sabe, dois homens de 30 anos, juntos, passam a ter 15 de idade mental, e por aí vai, em progressão geométrica. A piada é velha e injusta, pois esse fenômeno não atinge apenas os homens hétero. Alguém aguenta sentar ao lado de uma mesa com quatro mulheres? Quatro gays? Quatro lésbicas? Não. Junta-se quatro de qualquer coisa e pronto, não temos mais indivíduos, e sim um grande estereótipo ruidoso.

Parágrafo único: Quanto mais à vontade você fica entre iguais, mais desprezível você se torna. Três é jantar, quatro é formação de quadrilha.

Art. 2º– Trata da formação de mesas com mais de oito indivíduos quaisquer, a mesa Hepatovis B12. Dependendo da idade, o leitor talvez não identifique a referência a um comercial de remédio dos anos 70 que virou sinônimo de mesas superpovoadas, daquelas de aniversário ou festa da firma.

Parágrafo único: Diferentemente do caso anterior, falamos de uma mesa em que há gente de todo tipo. Mas diversidade não é solução. Basta pôr mais de oito seres humanos juntos, e todos se tornam insuportáveis.

Art. 3º– Crianças. O colunista sabe que tem abusado deste filão, mas... Outro dia mesmo estava num restaurante japonês que tem um aquário no chão, quando uma amiga adentrou o recinto e veio me garantir que a filha dela era comportadíssima. Segundos depois, a menina dava pulos no piso de vidro. Pais não podem ficar sem supervisão, eles precisam de leis.

I – Proibir crianças em restaurantes não é um bem apenas pra quem quer comer em paz, mas também pra garantir que pais serão obrigados a ficar em casa dando legumes com carne moída aos rebentos, que é sua obrigação.

II – Certa vez fui interpelar uma mulherzinha que atendeu o celular por três vezes ao longo de um filme, lembrando-lhe que esses aparelhos devem ser desligados no cinema. Em tom agressivo, ela respondeu que precisava do celular, pois estava "com filho doente em casa". Ou seja, ela não era apenas mal-educada, era uma mãe desnaturada que largou a família e foi ao cinema.

III – Proibir celular no cinema e crianças em restaurantes levará os pais a darem mais atenção a elas, garantindo um futuro melhor para o Brasil.

Até porque a gente não vai mais poder dar baforadas em crianças nem queimar adultos barulhentos pra se defender.

31 DE MAIO DE 2008

Terrorismo

LONDRES. Tunk, tunk, tunk; tss, tss, tss. Efeitos de laser na pista de dança. Paredes com smileys coloridos, gente com colares fosforescentes. Sinto-me num túnel do tempo; só sei que estou no recém-chegado 2009 porque paguei quase meio salário mínimo pra entrar e consumir três gins-tônicas duplos. A festa, sim, é um revival com o melhor da acid house, homenagem ao Summer of Love de 1988, revolução tão radical quanto a do verão homônimo de 1967, embora bem menos documentada.

Mas logo terei outra evidência de que estamos em 2009, quando Londres é não só a cidade mais cara do Ocidente como a capital internacional das câmeras de segurança.

Um cara meio gordo se aproxima do nosso grupo, no cantinho ao lado da caixa de som. Olha todos ao redor, desconfiado, como se tentasse descobrir um segurança, um alcaguete. Por fim, se agacha. Pra quê, oras? Em Londres, a dose de qualquer metanfetamina é mais barata que uma cerveja num club, sina de um país onde taxamento e controle excessivos do álcool acabaram favorecendo a difusão de drogas sintéticas. Se tudo que é pó, líquido ou comprimido é usado às claras, pra que esse cara está se agachando com esse medo todo? Momento de horror e suspense: será que ele vai se picar na nossa frente!?

Eis que ele acende um isqueiro. Pronto, é atentado. Teve carnificina em Gaza, Trafalgar Square quase parou com protestos contra Israel, ele tem cara de árabe, vai acender uma bomba e...

Fumaça. Pólvora? Não. Maconha? Não. Logo reconheço o aroma inconfundível de um Marlboro.

Ele dá três tragadas, tremendo de medo de ser pego. Apaga o cigarro e guarda o resto, afinal, o maço sai pelo preço de um almoço. E volta a dançar, feliz.

Depois de gastar uma fortuna em gim e ver esse fumante agir como cão sarnento num paraíso dos paraísos artificiais, não resta dúvida: a festa pode ser nostálgica, mas estamos em 2009.

10 DE JANEIRO DE 2009

A morte do sapato

No caótico papo de botequim que se segue, três bêbados chegamos a uma conclusão que pode — ou deveria — ser de interesse geral: o mundo parou.

— Já repararam que *Trainspotting*, o filme, fez dez anos? O mais importante do filme é o finalzinho, quando marca a ruptura trazida pela música eletrônica. O que no Rio nós vivemos, em escala muito menor, quando o Crepúsculo de Cubatão virou Kitschnete.

— No mundo, a grande ruptura foi o segundo Summer of Love, na Inglaterra, em 1988, quando a cena rave explodiu. Ou seja, a cultura eletrônica fez 18 anos, atingiu a maturidade.

— Só na Europa! Aqui, os formadores de opinião não se dão conta dessa longevidade, continuam achando que é fenômeno efêmero de gueto, não percebem que já é o movimento mais longevo e estável da cultura jovem desde que ela começou a existir, nos anos 1950. A última grande ruptura foi o Summer of Love, há 18 anos que o mundo não muda!

— Peraí, Fukuyama! Teve o grunge, o hip-hop...

— O grunge durou o tempo do Nirvana, só. Kurt Cobain foi um espasmo, tanto quanto Marilyn Manson. E o hip-hop não criou uma ruptura. Teve um crescimento gradual até virar o gênero musical que mais vende nos Estados Unidos.

— Mas, se foi o hip-hop que virou fenômeno de massa, então é mais influente que a e-music.

— Só que o hip-hop perdeu a identidade quando virou *mainstream*. A ideologia da e-music continua igual e, há 18 anos, tem uma influência muito mais generalizada.

— Que ideologia?

— Hedonismo! A falência das ideologias está profundamente associada à morte do sapato.

— O sapato morreu? Tadinho, morreu de quê?

— De música eletrônica. Pensa bem, a cultura pop sempre viveu da alternância de movimentos de *dressing up* e *dressing down*. Desde que o Summer of Love consolidou a cultura rave, o conforto passou a ser essencial, sapato passou a ser definitivamente coisa de *prego*. O *dressing up* morreu, há duas décadas o mundo pertence ao tênis e à camiseta. Acabou aquela história da roupa como bandeira, o que importa é o conforto. O contraponto a isso é a ostentação dos astros do hip-hop americano. Mas que é igualmente hedonista. Acontece que o hip-hop virou hedonista aos poucos, à medida que foi absorvido pelo sistema. Foi a música eletrônica que causou uma ruptura. A última ruptura.

— Ainda acho que vocês tão falando de um gueto. A maioria...

— Maioria só define eleição. Quem define rumos de comportamento são as minorias, e desde o século passado a cultura jovem tomou o lugar da aristocracia.

— Mas é minoria, mesmo? Aqui no Rio, talvez. Mas em São Paulo...

— Culpa da imprensa!

— Fico chateado ao ver a *Folha de S. Paulo* dizer que a cena noturna lá é das melhores do mundo. Chateado não por bairrismo, mas porque... Era pra isso acontecer no Rio, pô! Nós somos a cidade turística, nós temos vocação pro hedonismo! E teria acontecido aqui, se a imprensa carioca não tivesse tratado a música eletrônica como gueto ao longo dos últimos anos. Por isso, quem não se interessa por e-music concluiu que o movimento é irrelevante. Mas é uma única geração que já dura duas décadas. Em termos de música, estilo e comportamento, o século não virou.

— Então nada mais vai acontecer? E o futuro?

— O mundo vai mesmo acabar logo. Não viu aquele filme do aquecimento global?

— Bora pedir o bolinho de aipim.

10 DE NOVEMBRO DE 2006

Amadores
e profissionais

A senhorinha abriu a porta e adentrou seu apartamento na santa paz de Deus, mas, antes mesmo de acender a luz, o lusco-fusco do entardecer revelou algo de errado ali. A sala estava toda revirada.
"Ladrãozinho amador", há de ter pensado ela. "Que bandido minimamente inteligente ia revirar almofadas do sofá? Alguém ainda esconde dinheiro no sofá, ora essa? Epa! Quanto mais amador é o ladrão, mais violento costuma ser, pior, com essa bagunceira toda, capaz de ser drogado, meu Deus!, dizem que crack é horrível, o viciado é capaz de matar a mãe, vender o filho e beijar a sogra na boca por uns trocados!"
Tudo isso pode ter passado pela cabeça da senhora. Ou não. O que certamente passou foi: "E se ele ainda estiver lá dentro? Armado?!"
E assim a senhora saiu pé ante pé e desceu sôfrega as escadas do prédio antiguinho, com a mão no coração, menos por medo de ele parar de bater que por ter visto no cinema

que senhoras sempre correm com a mão no coração. Quando se sentiu minimamente segura na portaria, ligou do celular para o 190.

— Tem um ladrão no meu apartamento!

A partir daí, foi só ansiedade. "Minha rua sempre tão tranquila, tão bucólica... Saguis passeando por árvores eram o máximo de agitação, à exceção de uma ou outra festa mais enlouquecida desses boêmios pretensiosos que insistem em colonizar o bairro", pensava ela (ou não). "Há tão pouco tempo ainda era uma área segura, agora até arrastão tem, onde esse mundo vai parar?"

E eis que chegou a polícia. É comum na vida do carioca ter mais medo nesse momento, mas, diante da possibilidade de haver um violento bandido viciado mexendo na sua gaveta de calcinhas, a senhorinha sentiu apenas alívio ao ver o Grupamento Especial Tático Móvel da Polícia Militar do Rio de Janeiro.

Armados até os dentes, subiram as escadas em silêncio estratégico e adentraram o apartamento dando ordem de rendição ao meliante. Não houve resposta. Mais silêncio. Tensão. O bandido já teria fugido ou estaria escondido, esperando a chance de matá-los com alguma arma russa muito mais poderosa que as deles? Os PMs se esgueiraram pelo corredor, tensos, com uma tensão bem maior que seus salários, e chegaram ilesos à cozinha.

Lá estava o elemento: um macaco-prego. Acuado, trêmulo, assustado.

Vejam bem, não estou defendendo o macaco-prego. Ele invadiu um domicílio, praticou vandalismo e furtou algumas frutas. Sabe-se lá se a dona do apartamento o tivesse flagrado descascando uma banana, não seria capaz até de latrocínio? Não chegou a tanto, mas desacatou as *otoridade*, gritou, xingou, ameaçou. Mesmo assim, foi tratado com respeito. Os PMs reconheceram seu despreparo pra lidar com a situação e, tempinho depois, sob aplausos da vizinhança, os bombeiros capturaram o macaco-prego e o levaram.

Minhas fontes desconhecem o destino e a situação financeira desse macaco. Não sei se o jogaram numa cela hiperlotada, se lá ele *dormiu no braço* com algum *duquecatorze* e virou *cabrito*. Vai ver o Gilmar Mendes já lhe arranjou um habeas corpus.

26 DE JULHO DE 2008

Aparelho reprodutor

A vida na cidade se faz de pedaços de conversas. O comentário político imbecil que se entreouve numa fila vira piada pra contar aos amigos, o resto de briga de casal na mesa ao lado vira tema de debate na sua própria relação, a meia frase que se flagra no botequim vira tese de antropologia urbana na próxima rodada de chope. E por aí vai.

Tem horas, porém, que esses pedaços de conversas são exaustivos. Por isso me viciei no aparelho reprodutor de arquivos digitais de áudio, que nem é a mais novidadeira de todas as novidades tecnológicas à nossa volta. Afinal, há décadas já tínhamos o radinho de pilha, o walkman, o discman.

Em relação a seus antecessores, contudo, o aparelho reprodutor... *cazzo*, vou falar logo MP3 player porque é mais prático e danem-se os vigilantes do Lácio!

Como dizia, o MP3 player tem um nível extra de praticidade, pode-se conviver com ele o dia todo, todo dia, e assim cumpre seu grande papel, que nada tem a ver com música, mas com interação social. Ou, pra ser mais exato, com a vontade de escapar da interação social.

O MP3 player é protetor. Na academia, cercado de aposentados e adolescentes, quieto, na minha, adorava ouvir os papos. Catalogava novas gírias e velhos conceitos, mantinha-me informado sobre os novos points que jamais frequentaria. Até o dia em que um resto de conversa me revelou que alguns dos meus colegas usavam os carros dos pais pra fazer pegas na madrugada. Pegas de carro numa metrópole... existe violência mais banal? Fiquei deprê. Solução: passei a malhar com o MP3 player. Isolado na música, não precisava conviver com a insanidade alheia.

E táxi? Conversas com os motoristas já me renderam boas histórias. Mas tem hora que cansa. Na 18ª vez no ano em que se ouve um taxista defender a pena de morte, você já não quer mais saber. O MP3 player resolve tudo. Elevador de prédios comerciais, então? Nunca mais precisar conversar sobre o tempo!

Mesmo quando inesperadamente se encontra conhecidos, o aparelho torna tudo mais prático. Basta seguir a etiqueta do MP3. Se é um amigo, você desliga tudo e bota os fones no bolso. Se é um encontro simpático, mas que não vai render muito assunto, tira-se o fone de apenas um ouvido sem dar pausa na música. Se é alguém de relação mais formal, que se deve apenas cumprimentar, sequer se tiram os fones do ouvido.

Em dado momento, porém, o vício começou a me preocupar. Nunca dependi da caridade de estranhos; mas de seus pedaços de conversas, sim. Na redoma protetora da música, estaria eu me distanciando da cidade que fornece meu sustento? Chegaria o momento de ter que escrever sobre a tela em branco e a falta de assunto? Deveria eu criar coragem pra largar a redoma e me jogar de ouvidos abertos na urbe, pronto pra escutar toda espécie de sandice?

E eis que, um belo dia, tomaram a decisão por mim. Distraído da vida num ônibus, passando pelo Humaitá em plena tarde movimentada, um homem armado subtrai meu aparelho reprodutor de arquivos digitais de áudio, e toda a crise existencial cai por terra.

Quando você acha que conseguiu se isolar da cidade, ela o arrebata de novo. É nesses momentos que a gente entende a magnificência do Rio de Janeiro.

9 DE SETEMBRO DE 2006

Maldição

Existe momento de pânico pior na vida de um ser humano que ir se aproximando de casa num táxi, botar a mão no bolso e descobrir que a carteira não está lá? Claro que existem situações piores, a pergunta foi retórica, então dá licença que vou continuar a história.

Por sorte, eu tinha uns trocados avulsos no bolso, consegui coletar 12 reais pra pagar a corrida de 16 reais e ficou por isso mesmo, até porque o trajeto não deveria ter saído por mais de 14 reais (vai provar que o passageiro é que bebe, mas o taxímetro é que fica tonto). Enfim, cheguei em casa são e salvo, mas tenso. Liguei para um amigo que havia jantado comigo. A última lembrança dele era me ver pagando a conta. Liguei para o restaurante. Carteira preta, assim, assado? Nada, não acharam nada. Paniquei de novo. Se tivesse caído do bolso, tivesse eu a esquecido sobre a mesa, alguém teria devolvido pelo menos os documentos à moça do caixa. Será que bateram minha carteira? Haja mão leve pra fazê-lo entre a porta do restaurante e o táxi.

Só havia uma coisa a fazer, entrar no banco pela internet e cancelar todos os cartões. Fi-lo. E, levemente aliviado, fui tentar dormir torcendo pra não ter pesadelos com o Instituto Félix Pacheco. Tirei a roupa, joguei tudo no cesto de roupa suja e...

Fala a verdade, você já sabia como isso ia terminar, não sabia? A carteira estava no bolso da bermuda. Não no lateral direito, onde fica sempre. No esquerdo. Como foi parar lá? Tenho certeza absoluta de que não fui eu que botei, jamais o faria, vai contra toda a ordem dos meus hábitos.

Só pode haver uma explicação lógica pra isso. Foi o Saci Pererê. Só pode.

Verdade que eu tinha bebido, mas não foi o álcool, posso afirmar com segurança, pois já aconteceu antes, igualzinho, há uns dois anos, voltando de almoço na casa de minha mãe, à base de limonada, mais inocente impossível.

Paguei o táxi, desci na esquina, caminhei até minha casa e, minutos depois, cadê a carteira? Paniquei. Desci de volta correndo, refiz todos os passos da esquina até meu quarto. Fiz a senhora minha progenitora descer até o ponto de táxi perto da sua casa, interrogar os motoristas, pra ver se haviam achado a carteira. Nada. Cancelei todos os cartões.

Segundos depois, achei a carteira numa gaveta.

Ah, esse maldito Saci Pererê.

Pior que já não me espanto. Fui criado numa casa onde óculos sumidos milagrosamente reapareciam na testa de quem os procurava. Um histórico que vai de telefone sem fio dentro da geladeira a queijo de minas sobre o capô do carro. Faço parte de uma pobre casta que há séculos é perseguida por uma maldição recorrente, com discretas variantes culturais de país para país.

Evidentemente, você tem o direito de não acreditar em seres sobrenaturais que roubam coisas apenas por travessura, só não me acuse de distraído. Até tenho um amigo que insiste em estalar os dedos no meu nariz para eu voltar à conversa, mas isso não é porque eu seja distraído, é porque minha vida interior é muito rica.

O resto é culpa do Saci. Sou um perseguido, um amaldiçoado.

29 DE NOVEMBRO DE 2008

Caixa-preta

Nunca tive medo de avião, não de morrer, de a nave cair ou coisa que o valha. Tenho fobia, sim, da maquiagem das aeromoças, das horas de espera e das horas sem fumar, de malas extraviadas e de "malas" sentadas ao meu lado. E, sobretudo, daquela prisão vulgarmente conhecida como cadeira da classe econômica.

Na tentativa de melhor descrever esse horror, fiz um pequeno diário de bordo de minha mais recente viagem internacional, um amontoado de garranchos aleatórios impressos em guardanapos de papel amarelo com o logotipo de certa companhia aérea.

Ei-los a seguir, em ordem cronológica:

"Estou instalado em minha cadeira com o kit básico de sobrevivência, livro e garrafa d'água mineral. Uma família se aproxima. Ele, anglo-saxão; ela, asiática, com duas meninas tipo 6 e 10 anos, e um bebê de colo. Suo de tensão. 'Eles não vão se sentar perto de mim! Não vão.' Claro que ocupam a fileira da frente. A mãe e o bebê literalmente na cadeira da frente. Claro que ele vai chorar o tempo todo."

"Tento ler um livro e não consigo porque o comandante está no sistema de som contando a que velocidade e altura estamos. Por que, céus, por quê? Todo mundo aqui dentro quer é esquecer que está no ar e em alta velocidade. Fica quieto, homem."

"Trazem o pacote de amendoim. Pelo menos isso significa que o uísque está perto. Não consigo deixar de pensar que o fato de servirem amendoim em avião é a prova definitiva de que tal noz, diferentemente da crendice em certas partes do Brasil, não aumenta o desejo sexual."

"O voo chega à escala em São Paulo. Até então estava sozinho numa daquelas fileiras de cinco cadeiras. Perua paulista, loura falsa, mas de óculos, pra tentar equilibrar estereótipos, senta-se na outra ponta. Eu já tinha roubado o travesseiro da cadeira ao lado. Ela rouba os que restam."

"Logo depois chega um gringo, senta-se na cadeira do meio. Não sobrou nenhum travesseiro pra ele. Breve dilema ético. Devo tomar a iniciativa de ceder-lhe um travesseiro, sendo que só roubei um, e ela, dois? Bem, foi ela quem pegou o travesseiro da cadeira dele. Cruzes. Estou claudicando em princípios éticos por conta de um travesseiro de avião."

"A fome é tanta que estou realmente ansiando pela comida de avião."

"Chega a bandejinha. O copo é jateado. É, existe copo de plástico jateado."

"Na telinha do vídeo vê-se uma moça ensinando a fazer automassagem pra relaxar. Só que ela está numa cadeira da classe executiva. Aí, até eu."

"O sono, o uísque e a impossibilidade de dormir estão gerando alucinações. Acabo de ver a bunda mais feia do mundo se levantar à minha frente. Logo descubro que a bunda-mais-feia-do-mundo apenas se levantara pra dar passagem a uma bunda ainda mais feia rumo ao banheiro. Pior. Isso significa que a bunda-ainda-mais-feia-que-a-bunda-mais-feia-do-mundo vai voltar, e a bunda-mais-feia-do-mundo vai se levantar e se exibir de novo à altura dos meus olhos. Mantê-los-ei fechados."

"Abro os olhos. No monitor de vídeo, um gráfico mostra que estamos na altura de Petrolina. Enquanto isso, a mulher à minha esquerda, do outro lado do corredor, passa fio dental."

"Fecho os olhos de novo. Eventualmente os abro. Justo na hora em que passa uma bunda ainda mais feia que todas as outras voltando do banheiro."

Aí parei de tomar notas, mas o bebê não parou de chorar.

14 DE JULHO DE 2001

Revolução francesa

Dentre as muitas implicâncias que tenho com a humanidade, o item sofá estampado está entre os mais importantes. Explico. Há muitos e muitos anos, quando saí da casa dos pais e precisei comprar móveis, descobri, chocado, que era quase impossível achar um sofá simples, liso, de linhas sóbrias. Eram caríssimos, só encontrados em lojas de design. Nas lojas barateiras, só havia sofás rebuscados, cheios de curvas, com detalhes em compensado imitando mogno e estampas rococó-cocoricó. Culpa da Revolução Francesa.

No meu delírio histórico, via as hordas de famélicos invadindo Versailles — o ambiente mais medonho onde já entrei depois da igreja de São Bento — e ficando de queixo caído com a decoração. Imaginava-os, entre uma e outra palavra de ordem, fazendo *sketchs* do mobiliário pra imitar mais tarde, quando sobrasse madeira da construção de guilhotinas. Daí, por séculos, o Ocidente se viu imerso no pior dos mundos estéticos: pobre arremedando mau gosto de rico. O raciocínio pode parecer elitista e contraditório vindo de alguém que ainda se identifica como de esquerda, talvez seja, mas os sans-culottes precisavam pegar logo os piores hábitos da nobreza? Espalhar pelo mundo a feiura solidificada de Versailles?

Esse papo voltou esta semana numa insuspeita mesa do Serafim, botequim tradicional de Laranjeiras. Insuspeita, pois nenhum dos cinco éramos decoradores, designers ou tínhamos a pretensão de entender do assunto.

Começou quando alguém relatou seu périplo por Benfica em busca de luminárias baratas, pra descobrir preços iguais aos da Zona Sul. Falava-se de coisas comezinhas de moradia, preços, móveis, preços, utilitários, preços. Ajudado pelos chopes, expus a supracitada teoria culpando a Revolução Francesa pelos males estéticos do mundo, e o tema galopou. Segue aqui uma sucessão de diálogos sem dono coletados à mesa.

— Bobagem. Muito pior que a Revolução Francesa foi a Bauhaus. O Rio tá assim por culpa daquilo que a Sérgio Dourado achava que era Bauhaus.

— Mas o princípio é o mesmo. Depois que a Revolução Francesa tirou dos nobres o privilégio do exagero, a elite foi atrás da simplicidade. Isso terminou com a classe média estuprando a Bauhaus.

— Terminou, não. Começou. Terminou com o estilo clean dos anos 1990 e da "Wallpaper" virando aglomerado na Tok Stok, e agora até na Ponto Frio.

— Vocês são todos malucos! Estão querendo o quê? Um mundo cercado de pátina e falso rústico? Essa atitudezinha de "vou dar um clima de Provence ao ambiente"? Essa elite de Terceiro Mundo que fica imitando caipira da França? Essa cabecinha de PSDB?

Silêncio.

Vi-me obrigado a intervir:

— Só sei que morreria feliz sem nunca mais ver uma esquadria de alumínio.

E ficamos sem conclusão. Só uma leve impressão de lei do eterno retorno.

27 DE AGOSTO DE 2005

Amor doentio

Num daqueles acessos de brilhantismo que só nos acomete na absoluta leseira dum fim de tarde na praia, decidi que o pôr do sol ao pé do Dois Irmãos é cafona. Não só pelo público e o hábito um tanto ridículo dos aplausos. Falo da combinação de tons, do fúcsia ao pink, aquela coisa meio Las Vegas, meio Cirque du Soleil.

Bonito mesmo é virar para o outro lado e ver o resultado do poente na direção da pedra do Arpoador. Dependendo do dia, da maré, do nível de poluição, o mar e o céu ganham uma complexidade de tons de cinza e azul que... Calma, não vou perturbar vocês com literatices.

Só quero dizer que, em momentos de êxtase como esse, fica claro que morar no Rio é como estar num daqueles relacionamentos doentios, viciosos e autodestrutivos, mas que sobrevivem porque o sexo é incrível. Quando o Rio pega você de jeito, você não quer mais nada da vida.

No dia seguinte a este fim de tarde perfeito, já estava catando a sunga, na esperança de repetir o idílio com a cidade que amo e odeio, quando tocou o telefone.

Uma amiga muito próxima acabara de sofrer um assalto muito violento. Bem, não vou ficar repetindo o que você lê todo dia em outras seções do jornal, vou poupar detalhes da truculência, não vou falar da arma na cabeça da moça, nem que ela foi arrancada de dentro do carro e jogada ao chão na curva de uma via de alta velocidade, quase sendo atropelada, nem vou falar do trauma, nada disso.

Vou falar do que aconteceu depois de o assaltante — um homem claro, bem-apessoado, de seus 40 anos — arrancar com o carro dela. Num lugar deserto, apesar de serem três da tarde, minha amiga se viu desesperada, sem celular, sem bolsa, sem documento, sem um trocado que fosse. Tentou fazer sinal para os carros que passavam, nenhum parou. Estava perdida da Silva quando um rapaz de bermudão e mochila se aproximou.

O rapaz era negro. Claro que não vivemos num país racista, mas numa situação dessas, considerando todas as variantes, aquela aproximação deixou-a com mais medo ainda.

O rapaz perguntou o que havia acontecido. Ofereceu seu celular.

— Só que tô sem crédito, rola de ligar a cobrar?

Ela ligou pra uma amiga, que começou a operação resgate: 190, seguradora, família, amigos etc. Enquanto isso, o rapaz a amparou, caminhou com ela até a delegacia mais próxima, comprou água no caminho. Quando a moça alourada entrou na delegacia aos prantos no ombro do rapaz negro, a primeira reação do policial foi dizer:

— Que que tu fez com ela?

O rapaz ainda fez companhia a ela o máximo de tempo possível, até porque o celular dele era a única forma de comunicação com a família e os amigos dela. Só tomou seu rumo quando teve certeza de que já havia gente a caminho.

— Foi mal, mas tenho que ir nessa, não posso chegar atrasado ao trabalho.

Agora chegou o momento em que eu deveria dizer alguma coisa bonita sobre a solidariedade que ainda sobrevive em alguns cariocas. E fazer alguma ironia sobre não vivermos num país racista, talvez citar estatísticas comprovando que jovens negros como aquele bom samaritano formam o maior número de vítimas de homicídio no país. E por fim bradar alguma indignação contra a violência urbana e falar mal do governo. Mas não vai dar, não. Falta fôlego. O Rio cansa. Cansa quando o sexo é bom, cansa quando a briga é acirrada, cansa quando você vai do deslumbre ao desolamento em menos de 24 horas.

E o pior: como em todo relacionamento profundamente doentio, nem penso em me separar. Porque daqui a pouco vou caminhar no Jardim Botânico e ter outro orgasmo com a cidade e fingir que nada aconteceu.

26 DE JANEIRO DE 2008

Cariocamente

— O.k., Charles, let's go back to London — disse-me um amigo ao flagrar minha tentativa de ensaiar uns passinhos de samba recentemente.

Assim como o solitário se deprime no Natal, o carioca que não sabe sambar sofre horrores nesta época do ano, drama muito maior que o daquele que não gosta de carnaval. Esse viaja, fica em casa lendo ou descobre alguma boate aberta onde não vão tocar samba. Pior é gostar de carnaval e não saber sambar.

Adoro carnaval. Não o da Sapucaí; o dos blocos de rua. Sou cria dos empedernidos anos 1980, quando gostar de manifestações de brasileirice era cafona, quando ser moderno era passar o carnaval vestido de preto assistindo a retrospectivas no Estação Botafogo. Acho ótimo que, de meados da década de 1990 pra cá, gostar de carnaval tenha voltado a ser socialmente aceito.

Adoro samba e adoro festa de rua. Vale quermesse, feira de São Cristóvão, Halloween, Love Parade, é só ter uma multidão fazendo cara de idiota em sincronia que me divirto.

Portanto, pelos próximos dias, estarei em qualquer viela da cidade onde haja um ajuntamento de bêbados desafinados. O drama é não saber sambar. Tudo bem, é só comprar uma lata de cerveja, mexer um pouco os ombros e observar as pessoas que a diversão está garantida. Mas sempre aparece um grilo falante: "Você não sabe sambar, seu carioca incompetente."

Estou de saco cheio de não conseguir satisfazer o conceito alheio de carioquice. Pensando bem, as frases que mais ouço no Rio são "Você?! Aqui?" ou "Nunca imaginei que você gostasse de _____" (preencha a lacuna com quase qualquer coisa). É só botar o pé fora de casa que aparece um falso enturmado, crente que me conhece bem e exercendo seu suposto direito de ser chato. Se vou a uma roda de samba, encontro alguém certo de que só gosto de rock; se vou a um show de rock, surge algum mané jurando que só ouço música eletrônica. Ou acham que sou sofisticado demais para ser visto num pé-sujo, ou punk demais pra ir a um restaurante sofisticado. Outro dia fui tomar um chope perto de casa e um chato me pergunta: "Você?! Frequentando o Flamengo?" Pô, eu moro no bairro há anos! Nem perguntei se, na fantasia dele, eu deveria morar em Ipanema ou Bangu.

Poderia até me livrar do incômodo concluindo que o problema é que essa gente chata quer te estereotipar a qualquer custo. Mas volta o grilo falante: "Você que é um carioca incompetente."

Semana passada hospedei em casa um paulista que mora em Berlim e um alemão. Este último era um caso irremediável. Vestia-se de Nike da cabeça aos pés e nas primeiras horas de Rio já estava com os ombros vermelhos e marca de camiseta, então entreguei pra Deus. Quanto ao paulista, achava que podia ter jeito e escrutinava seu visual antes de deixá-lo sair:

— Pelo amor de São Sebastião, tira essa camiseta de dentro da bermuda senão vão te assaltar! Cinto não, cinto não! Se você for de camiseta preta à praia, eu mesmo vou te assaltar.

Aí, um belo dia fui encontrar com eles no Nove, estou adentrando a areia sozinho e um barraqueiro vem me perguntar se quero alugar cadeira. Em inglês!

Não sei o que faz alguém ter pinta de carioca. Mas sei que não tenho. Talvez seja o tipo físico. Talvez a falta de manemolência, a cara de poucos amigos, um resquício do sotaque da família mineira que tento esconder a todo custo. Só sei que não é justo. Como eu, milhares sofrem por não parecerem cariocas, inclusive vários cariocas. É hora de nos unirmos e exigirmos respeito. No mínimo um tratamento politicamente correto. Se já houve quem pedisse que anões fossem chamados de verticalmente prejudicados, por que não podemos virar "cariocamente prejudicados" e exigir uma legislação para que ambulantes de praia parem de nos cobrar mais caro?

1 DE MARÇO DE 2003

No motel

Levei um hóspede nova-iorquino para a noite, ele só chegou em casa depois das três da tarde. Nada de mais, não temia que ele fosse mais um turista vitimado pela violência, conhecia o rapaz com quem ele saiu pra passar a noite. Não estava era preparado pra vê-lo de volta chorando de rir. Foi sua primeira vez num motel.

Motéis são tão parte de nosso cotidiano que a gente se esquece o quanto eles são exóticos para povos de outras civilizações. Ele não contou nada que qualquer um de nós já não tenha visto. Neon vermelho, espelhos e o que mais lhe chamou atenção: o ritual de entrar e sair sem ser visto por ninguém.

Ele contava tudo com o espanto de quem acabara de ter a mais exótica vivência brasileira que sua curta viagem permitira. Para um californiano baseado em Nova York, nada podia ser mais estranho que essa mistura de kitsch e discrição compondo o cenário pra algo que ele se esquecera que existia: sexo às escondidas.

Expliquei que assim era porque os motéis foram criados pra atender ao mercado do adultério. Em seus poucos dias de Rio, ele já tinha uma contrateoria. Concluíra que os motéis existiam porque aqui as pessoas costumam morar com os pais depois de uma idade em que, no seu país de origem, todo mundo já leva quem quer pra dormir em casa.

Fui morar sozinho antes de boa parte dos amigos de minha geração e não vou a motel desde quando tinha que pagar a conta com proventos de estagiário. Portanto, ia aos baratos. A memória mais forte que tenho desse tipo de estabelecimento é a de, um dia, ter matado uma barata com o cinzeiro na cabeceira da cama durante o, digamos, conluio. Logo, não posso negar que ele tivesse razão.

Receber gringo em casa é sempre garantia de ter, além de muita areia na sala, um novo olhar sobre o próprio cotidiano. E isso se reflete nos mínimos detalhes. Por exemplo: por que os letreiros dos táxis continuam acesos mesmo quando eles estão ocupados? As cores dos ônibus indicam para onde eles vão? Por que os ônibus são particulares, e não estatais? Como e por que existem tours por favelas? Por que não vejo negros na sua vizinhança?

Em outras palavras, receber um gringo em casa é se defrontar com a falta de lógica que nos cerca. Então a única solução é se portar diante de um marmanjo de 30 anos como um pai enfrentando um filho na idade dos porquês.

— Cala a boca, menino. Bebe mais uma caipirinha e não enche o saco.

15 DE MARÇO DE 2003

Puttin' on the Ritz

Passagem-relâmpago por São Paulo. Almoço no Ritz, pequeno restaurante nos Jardins que jura ser a cafeteria da Condé Nast. Várias interrupções via blackberry enquanto uma amiga paulistana me botava a par das novidades na sua vida.
— Você vai conhecer, é um cara muito legal.
— Faz o quê?
— Publicitário. Muito bem-sucedido, só não é conhecido.
— Claro, você ainda não me apresentou.
— Quer dizer, conhecido assim tipo eu...
— Eu te conheço há dez anos!
— Não, tô dizendo tipo... Gato, eu saio em coluna social, né?
— Ah, tá, esse sentido de "conhecido". Sacumé, Rio e São Paulo são planetas tão desinformados um do outro quanto homens e mulheres, a gente quase nunca sabe o que se passa além de Queluz. Eu esqueço que você aqui é tão "conhecida".

— Ih, lá vem o arzinho superior de intelectual carioca...

— Isso, não! "Intelectual carioca" é quem confunde barriga de chope com identidade cultural só pra não admitir que é preguiçoso! É quem não assume o hedonismo e tenta se apegar a tradições pra dar falsa relevância a uma simples noite de bebedeira! Tudo, menos "intelectual carioca". É praticamente sinônimo de hipócrita.

— Cruzes! Já não tá mais aqui...

— E como você conheceu esse novo namorado?

— Festa. Mas eu fiz tudo *by the book*: não dei da primeira vez, não liguei no dia seguinte...

— Que horror, essa cultura retrofeminista de culto à virgindade alimentada pela indústria da autoajuda...

— ... Aí ele me pediu em namoro.

— ... Ainda funciona! Tanto tempo que não ouço falar nesse lance de pedir em namoro...

— "Então, vamos namorar? Mas só vou perguntar uma vez."

— Mandou bem! E quando é que vou conhecer o cara?

— Vamos lá em casa tomar uma cerveja. Tem 300 caixas de _____ (marca importada) lá e eu não bebo.

— ?

— Ora, eles me mandam a cerveja porque tenho bons relacionamentos.

— Não entendo essas coisas. Sou um bom relacionamento seu e bebo cerveja! Por que não cortam o intermediário e mandam pra minha casa?

— Porque eu sou um hub.

— ?

— Eu faço conexões.
— Entendi. Você é um aeroporto de Frankfurt.
— E você é no máximo um Santos Dumont...
— ... Em dia de chuva.

Recolhi-me à minha insignificância e rumei pra Congonhas, logo mais descia sobre a baía de Guanabara apreciando a inútil paisagem.

17 DE MAIO DE 2008

"Pauriocas"

Amo São Paulo. Há quem goste de ir a Angra ou Mauá, mas, pra mim, fim de semana fora é lá. Daí meu choque, em plena Semana Week de Moda Fashion, quando uma amiga "paurioca" disse:

— Você aqui? Você odeia São Paulo!

Sacaneio S.P., é diferente. E o leitor sabe que sacaneio o Rio muito mais. Mas "pauriocas" não admitem brincadeiras com sua terra prometida.

"Paurioca" é como chamo o carioca que migra pra S.P. e se torna mais paulista que os paulistanos. Conheço poucos "pauriocas" equilibrados, que sabem ver o melhor e o pior de cada cidade, sabem que apenas fizeram uma opção pessoal pela mais adequada a seus gostos. O "paurioca" típico é o emigrante que renega as origens, adora falar mal do Rio e incensar S.P. Alguns deles até se tornam influentes em mundinhos por lá e viram artífices da mítica paulistana.

Há "pauriocas" que passam por fases. Vejamos o caso de uma jornalista badalada por aquelas bandas, que conheço há mais de uma década. Quando se mudou, virou "paurioca" xiita. Agora, reencontrou a harmonia e consegue até sacanear Sampa. Encontramo-nos na Semana Fashion de Moda Week, e ela falou de um desfile modernérrimo de estilista estreante que acontecera domingo ao meio-dia.

— Logo cedo, um calor do cão, e o povo já todo montado. Eu só queria fugir pro Posto Nove!

Contava ela e suávamos nós, pois no prédio da Bienal, onde ocorre a Fashion Semana de Week Moda, parece inexistir ar-condicionado. Não foi a única surpresa nessa minha primeira visita ao evento paulistano. Céus, como é grande! De fato, "pauriocas" têm do que se gabar, pois a escala industrial da coisa é assoberbante. Encontrei outra jornalista, do Sul, e comentei, saudoso:

— Lembra quando a gente cobria a semana de moda de Nova York? Perto disto era tão simplezinha, tão interiorana...

— É porque lá só tinha desfile, imprensa e moda. Aqui é eveinto — ironizou.

Em eveintos, claro, há celebridades, e é nesse quesito que S.P. mais desconcerta. Ser *"clubber"*, lá, já é passaporte pra fama, e mesmo os modernos levam as celebridades B a sério. No Ritz, o bar/restaurante mais bacana da cidade, ouvi três pessoas debatendo a demissão do Clodovil. A sério. Na fila da Grind, noite de freaks e roqueiros, ouvi gente falando sobre Ellen Jabour. A sério. No estande de um patrocinador na Semana Week, amigos se chocaram ao ver que confundi Alicinha Cavalcanti com Solange Frazão. Mais ainda quando souberam que eu nunca tinha ouvido falar na primeira (já me assusto por saber quem é uma delas). E nesse mesmo estande um promoter paulistano falava de sua experiência no Fashion Rio:

— Tão desorganizado! E lá tem os artistas da Globo, que chamam mais atenção que a moda.

Nesse momento, por trás dele, eu via a socialite-de-cabelo-armado Marina de Sabrit causar fuzuê nos fotógrafos. Fiquei quieto, pensando: "Deus seja louvado, no Rio quem causa fuzuê é Malu Mader." Mas não diga isso aos "pauriocas". Eles adoram uma Hebe.

Mesmo o carioca mais bairrista há de concordar: o atendimento em S.P. é melhor. A gentileza dos seguranças da Fashion Week de Moda Semana me impressionou, bem como, digamos, sua desenvoltura cultural. Um segurança avisava à fila:

— Tira pra fora o convite.

E quando mostrei o meu:

— Não dá acesso pra sair pra fora.

Até que o segurança ao lado se encheu:

— Meu, é "não dá acesso pra sair!".

Simpática, a segurança gramatical. Só deu medo de isso significar que nunca mais poderia sair de lá.

29 DE JANEIRO DE 2005

Sidney Poitier

Giovana não apareceu no chope e se justificou depois por e-mail: "É que minha irmã fez um 'adivinha quem vem para jantar' lá em casa, e eu não podia perder por nada." A referência entendi: título de um filme de 1967 no qual Spencer Tracy e Katharine Hepburn se descobrem racistas quando a filha fica noiva do Sidney Poitier.

Só não conseguia entender como situação semelhante poderia acontecer na casa dessa amiga. Até porque sua família passara por um "adivinha quem vem para jantar" mais ou menos na época do filme. Giovana já me contara: em fins dos anos 60, pra felicidade geral da parentada italiana num rodrigueano subúrbio carioca, sua mãe estava noiva de um rapaz de olhos verdes, filho de oligarcas nordestinos de sobrenome holandês. Até que um dia a mãe de Giovana rompeu o noivado e, alguns meses depois, apresentou o novo namorado:

— Aí ela chega em casa com um professor de história perseguido pela ditadura e de cabelo black power — conta Giovana. — Imagina a cara da minha avó.

Apesar da oposição familiar, os dois se casaram e tiveram três filhas. Três filhas que se dizem negras. Então, o que diabos significaria um "adivinha quem vem para jantar" numa família já multiétnica? Ainda mais lembrando que os brasileiros não somos racistas? Imaginei que uma das irmãs de Giovana (em tempo: o nome é falso, claro) teria levado gêmeos xifópagos unidos pelo nariz pra comer a macarronada da nonna. Só isso poderia causar comoção a esta altura da vida.

Caí pra trás quando ouvi o relato: a filha do meio levara pra casa um namorado... negro! Vejam só vocês.

E mais: numa família de três filhas negras entre 28 e 35 anos de idade, ele era o primeiro namorado negro a ser recebido no apartamento da Tijuca. O que, por si só, já é um fenômeno digno de nota. Não que, por serem negras, elas devessem namorar negros. Mas é que, num país que não é racista, acho muito estranho saber de gente que chega a certa idade tendo concentrado todos os seus esforços amorosos numa única etnia.

O problema é que o Brasil não é racista, mas parece. A gente lê aquelas estatísticas do IBGE sobre desemprego e nível educacional e fica com a nítida impressão de que mora no país mais racista do mundo. Só impressão, graças a Deus. Mas, por culpa da impressão causada pelas estatísticas do IBGE, ouço a roomate de Giovana me explicar:

— Mas também, uma tem doutorado não sei onde, a outra faz mestrado em sei lá o que, a outra... Fato é que não é fácil, no Brasil, encontrar homens negros pra fazer par com elas.

Pano rápido.

Voltemos ao jantar de apresentação do namorado, que é o que interessa. Para isso, melhor dar a palavra a Giovana.

— Meu pai ficou a semana inteira sorrindo de orelha a orelha, feliz da vida. Enfim, um outro negão na família! E olha que ele até hoje paga a conta de cabeleireiro das três, pois acha que é culpado por nós termos "cabelo ruim". Já a minha mãe estava um pouco reticente de início, mas depois até falou: "ele é negro, mas trabalha em multinacional."

Peraí... A mãe não está há décadas casada com um negro, com quem teve três filhas? Sacumé... é que o brasileiro não é racista. Mas parece, mesmo quando não quer ser.

— E a minha avó ficou de cara fechada. Deixa eu tentar explicar a minha avó... Certa vez, parei de relaxar o cabelo e fiz trancinhas afro. Ela me disse: "Que horror, assim você fica parecendo uma neguinha" — conta Giovana, rindo. — Um dia ainda vou fazer ela entender que quem tem família na Sicília não pode falar da ascendência de ninguém!

Pois é. Era de se imaginar que, depois de três décadas e três filhas, pelo menos nessa família a questão de etnia já estivesse superada. Fazer o quê? Vai ver, brasileiro não é racista mesmo. O problema é que parece, e parece pra cacete.

Seja como for, o namoro acabou uma semana depois do jantar. Não por pressão familiar. Não por qualquer problema relativo à diferença de cor. A irmã de Giovana me explicou:

— É que ele é americano... Não dei conta das diferenças culturais.

2 DE DEZEMBRO DE 2006

Eu, racista

Acompanhando o debate sobre cotas raciais nas universidades públicas, percebi ser uma espécie em extinção, o último dos moicanos, um fragmento de DNA do pássaro dodô. Sou, enfim, o único racista do Brasil. Regozijem-se. Neste país, boa notícia não dá em árvore. Pelo visto, nem racista. Mas se saber que o Brasil tem um único racista é bom pra todos, não é bom para mim, claro.

Admitir isso não é fácil. Afinal, não compartilho de nenhuma ideologia que atribua a determinada etnia superioridade física ou intelectual sobre outra(s), nem daquelas teorias aparentemente simpáticas quando se trata de sexo ou música. Tenho plena confiança nas minhas faculdades mentais para afirmar que, estivesse eu em situação de selecionar candidatos a um emprego, não levaria a cor em consideração. Não faço piadas sobre afrodescendentes, nem mesmo levando em conta que esta é uma coluna de humor. Não costumo fazer piadas nem sobre Michael Jackson, pois todo o meu tempo disponível pra falar mal de astros do pop é dedicado aos Beatles.

Aliás, pecado dos pecados, reconheço que sou politicamente correto. Só uso "preto" como adjetivo pra designar a cor da roupa de quem é medroso ao se vestir, e não me lembro de jamais na vida adulta ter usado a palavra "crioulo" sem ser pra falar do tambor de crioulo maranhense. Pensando bem, como tenho reduzido interesse por danças folclóricas, é provável que nem assim.

Diante disso, seria simples eu me inserir no país de não racistas em que vivo. Mas sei que sou racista.

Diferentemente de quem diz que tudo é difuso num país miscigenado, sempre sei diferenciar quem é negro e quem não é. Negro é aquele que não arruma emprego em loja de shopping nem em restaurante. É aquele que, quando é médico ou jornalista, é visto como um indivíduo vitorioso por ter rompido a barreira. É aquele que é sempre o primeiro a ser parado numa blitz. Em tais situações, as nuances científicas das pesquisas nunca são levadas em conta, fica tudo negro e branco.

Sei que sou racista, pois toda vez que subo num ônibus automaticamente escaneio os passageiros, e meu HD registra primeiramente os negros, passa suas imagens por um sofisticado banco de dados onde se analisam roupas e atitude, antes de decidir se continuo no veículo ou se desço no próximo ponto. E toda vez que passo na praça do Jóquei e vejo algumas dezenas de adolescentes negros maltrapilhos imediatamente me desvio do centro e me aprumo de forma a não olhá-los, mas ainda assim perceber qualquer movimento em minha direção. Também sei que sou racista quando, ao ceder o banco no ônibus, faço questão de dar preferência a uma senhora negra mal vestida, pois presumo que seja empregada doméstica e tenha ficado mais tempo em pé durante o dia que as senhoras brancas. Talvez se eu comprasse um carro e parasse de andar de ônibus, até deixaria de ser racista.

Pode-se dizer que, por uma série de questões históricas, tantos desvalidos são negros, tantas domésticas também, tantos moradores de rua idem, tantos fora da lei idem ibidem. Tudo mera coincidência histórica, né?, já que o Brasil não é racista. Portanto, desviar de um adolescente negro sem camisa é apenas questão de autoproteção. Não se trata de ele ser negro, mas pobre. Só que o ser negro é o mais forte indicativo de sua situação social. Coincidência histórica, né?

Independentemente das explicações sociais, contudo, toda vez que analiso os negros no ônibus (ainda bem que ninguém mais faz isso, né?), estou fazendo "racial profiling". É tomar a raça como base de suspeita. É racismo. Sou, portanto, racista.

Sempre achei que reagia assim por atavismo, por viver num país, e especificamente numa cidade racista, onde todo mundo jogava o mesmo jogo. Mas com o andar do debate sobre as cotas raciais nas universidades, tenho lido tanto em artigos quanto nas cartas de leitores que o racismo inexiste no país. Foi uma descoberta e tanto. Como não tenho dados pra contestar pesquisas e opiniões avalizadas, só me resta reconhecer: sou o único racista do Brasil.

26 DE MARÇO DE 2005

Eu, bem racista

NOVA YORK. O contentamento ao ouvir que um amigo estava de namorada nova foi estremecido quando soube que a moça era sul-africana. Branca. Acabei confessando sentir um certo arrepio na proximidade de afrikaneers e perguntei se a origem dela não o incomodava.

— Você só pode estar brincando, esqueceu que sou alemão? — respondeu.

Argumentei que já havia duas gerações de consciência crítica separando-o do nazismo, mas na África do Sul a coisa era por demais recente. Se a moça em questão tinha 30 anos, ela ainda vivera boa parte de sua formação no topo da cadeia alimentar do apartheid, temia que ela se incluísse entre os saudosos dos tempos nem bem tão idos. Ele contou que, quando a conheceu, elogiou seu sotaque, e ela respondeu:

— Você gosta do sotaque de um país fascista?

(Contando essa história a um amigo americano, ele disse: "Sei como é, começo qualquer conversa pedindo desculpas por ser do Arizona, melhor tirar isso logo do caminho.")

Não demorei muito a me dar conta do quanto estava sendo idiota. Não partilho da ideia, comum em determinada ala da *intelligentsia* carioca, de que assumir os próprios preconceitos é uma forma saudável de se rebelar contra o politicamente correto, conceito que no Brasil foi particularmente desvirtuado. Todo preconceito é motivo de vergonha, ponto.

Quando finalmente conheci a menina, adorável e cosmopolita, tive todas as evidências de que estava errado. Recentemente fui a seu aniversário, comemorado no terraço emprestado por um amigo negro, e percebi que seu círculo de amigos em Nova York é etnicamente mais diversificado que o meu.

O alemão aparentemente perdoou minha derrapada. Mas não perdeu a chance de uma vingança sardônica quando, depois do show do Nuyorican Soul numa tarde de domingo no Central Park, viemos relaxar na minha casa. Ele queria caipirinhas, me declarei cansado demais, ele se propôs a fazê-las, cedi minha preciosa e derradeira meia garrafa de Ypióca contrabandeada (aqui só se acha 51 e Pitu, e não por menos de 18 dólares).

A certa altura, enquanto cortavam e socavam limões, ele se pronunciou:

— Que tal? Você tem um alemão e dois sul-africanos brancos fazendo trabalho escravo para você...

Achei desnecessário explicar pra ele que, de onde venho, ter gente fazendo trabalho escravo na cozinha é o estado natural das coisas.

15 DE JULHO DE 2000

Viena

— Não é que Hitler tivesse razão, mas, olhando em volta, dá pra imaginar como começaram a pensar em superioridade racial.

A frase é minha mesmo, uterida em Viena d'Áustria. A sra. T. e eu estávamos no Flex, um club-oásis naquela medonha cidade-bolo de casamento, ápice da cafonália dos Habsburgos. À beira de um canal do Danúbio, a jeunesse pálida de Viena exibia uma perfeição física perturbadora, que resistia às roupas rasgadas e aos cabelos desgrenhados. A sra. T. ainda comentou:

— Pois é, esse povo tem uma aura diferente. Eles brilham mais.

Deixamos a brisa do canal e entramos no Flex. Poucos segundos lá dentro e...

— Hum, tá faltando banho aqui, tá não?

— É, agora entendi por que eles brilham tanto — concluiu a sra. T. — É seborreia mesmo. Craca. Bodum.

Demoramos muito mais pra nos acostumar ao cheiro que pra desmistificar a superioridade dos arianos.

Na tarde seguinte, fomos a um show no jardim do medonho Palácio Imperial dos Habsburgos, prova máxima de que mau gosto e elites econômicas andam de mãos dadas no Ocidente desde muito antes da invenção de *Caras*. Eram duas bandas. Uma de ragga, outra de rap. Todas de louros, cantando em alemão.

Na plateia, um rapaz com uma suástica semioculta por um símbolo de proibido dava o tom da plateia, basicamente o mesmo público do Flex na véspera, mas à luz do dia (e, graças aos bons deuses do ofalto, ao ar livre). A meia dúzia de negros presente se destacava pela nonchalance, enquanto os louros todos se esforçavam pra manter cabelos rastafári (dreadlock em cabelo de branco, vocês sabem, significa dois a três anos sem lavar) ou trajes de hip-hop, misturados a alguns poucos elementos da estética punk. Uma ala considerável dos jovens austríacos de hoje quer exalar negritude. Ironia é um ótimo perfume.

I DE JANEIRO DE 2002

Choque cultural

NOVA YORK. Nunca tive tanta evidência da inutilidade do portunhol até sábado passado, quando estava tentando comprar sacos de cubos de gelo numa área do Harlem loteada por dominicanos. Passei por oito — juro, oito — biroscas sem encontrar ninguém que falasse inglês e sem conseguir me fazer entender em portunhol. Numa delas, foi formada uma conferência ao meu redor. As pessoas debatiam o que eu queria. A conclusão: chá gelado.
    Até que alguém saiu rua afora e trouxe pela mão um African-American que, evidentemente, falava inglês. Mas inglês de gangsta rapper. Ele entendeu o que eu queria. Até me deu indicação de onde achar. Agora, quem disse que eu entendia o sotaque dele?
    Tive que voltar a procurar a esmo até, num mercadinho, achar os cubos de gelo em saco bem à vista num freezer com porta de vidro. Peguei, levei para o caixa e não abri a boca. Difícil foi carregar o peso por quatro quadras dando saltos pra escapar das enchentes em cada esquina. Não se tratava

de chuva, e sim daquilo que se vê em filmes de Spike Lee: no calor, em determinadas áreas da cidade, o povo realmente abre os hidrantes pra se refrescar, dando origem a uma série de pequenas Praças-da-Bandeira-em-dia-de-tempestade.

Apesar da dificuldade de comunicação, sempre me sinto em casa andando pela área latina do Harlem com suas lojinhas de roupas coloridas tipo rua da Alfândega e botequins com linguiça frita dormida no balcão, ao som de salsa vinda dos estéreos de carros parados na rua com porta aberta. E não tenho palavras para descrever a felicidade da primeira vez que descobri uma confeitaria dominicana vendendo cocadas. Mas só consigo comê-las se estão na vitrine e posso apontar. Falar em português ou tentar descrever o doce de coco em inglês não leva a lugar nenhum.

A explosão dos aluguéis em Manhattan está levando jovens profissionais a colonizar cada centímetro de Nova York, incluindo os que até cinco anos atrás eram exclusivos de imigrantes pobres. Mas, para a maioria dos esnobes de downtown, o Harlem ainda é considerado outro universo.

Isso se tornou evidente no sábado passado, quando um amigo que mora no Harlem dava uma festa de aniversário (para a qual eu tentava comprar gelo). Comecei a perceber que haveria um choque cultural dias antes, quando fui convidar um amigo sueco que mora no SoHo. Bastou mencionar que era na rua 140 para ouvir:

— Oh. My. God.

Todo mundo chegava à festa babando com o tamanho do apartamento, raridade nesta terra de cabeças de porco. Mas muitos também se queixavam do tempo despendido no metrô. A pessoa mais indignada foi uma amiga alemã que se despencara do East Village, fula porque teve que abandonar seu party hopping, o esporte de pular de uma festa pra outra ao longo da noite.

— Eu tinha outras três festas hoje. Mas o tempo que tinha pra passar por elas foi o que gastei no metrô vindo pra cá. Só porque era aniversário dele — disse, olhando de soslaio para o anfitrião.

Lá pelas tantas, quando o aniversariante já começava a se irritar com esses comentários, uma amiga americana veio consolá-lo, contando que já morara no Harlem há alguns anos.

— A grande vantagem é que a gente acaba praticando sexo seguro. Ninguém quer vir pra casa com a gente.

Ademais, em festas no Harlem ouvem-se menos besteiras que da 57 pra baixo. Dia desses, na festa de uma amiga que é correspondente de um jornal da Alemanha, fui apresentado a uma pintora americana. Ouvi:

— Uau, não imaginava que até do Brasil existisse correspondente em Nova York.

Fiquei quieto. Ela, não:

— Então você é do Brasil? Tem um argentino aqui, vou apresentar vocês.

Expliquei que era como se eu tivesse lhe apresentado nossa amiga em comum e ela dissesse: "Você é alemã? Tem uma dinamarquesa ali." A réplica, sem ironia:

— É, você tem razão, nós, americanos, somos estúpidos mesmo.

24 DE JUNHO DE 2000

A vida no Metrô

NOVA YORK. Adoro o metrô desta cidade. Não por sua claudicante excelência como meio de transporte. Não por sua imundície e miséria que nos remetem à Paris pré-1789 e pré-vaso sanitário, com muito mais riqueza de detalhes que o Les Miz da Broadway. Não por sua vasta e amigável população de roedores. Não pela constante coreografia de globos oculares dos passageiros, sempre tentando evitar que olhares entrem em contato.

Talvez porque minha recordação mais antiga de Nova York esteja ligada a ele. Segundo dia na cidade em minha primeira viagem como turista, estava a caminho de algum ponto turístico quando uma velhinha entrou na composição. Magra como a morte, de cabelo black power branco — isso é um paradoxo? —, vestido roto, batom borrado e muitas, muitas sacolas. Algumas mulheres acompanhadas de crianças começaram uma enfadonha disputa para ceder lugar à senhora, que recusava todas as ofertas. Mais pra acabar com o falatório do que por bom samaritanismo, levantei e postei-me junto à porta, como se me preparasse pra saltar. Assim um lugar ficaria vago e, se a velhinha não sentasse, pelo menos a mulherada pararia de gralhar. Mas a minha estação não era a próxima e, quando a velhinha viu que a porta abriu, fechou, e não saltei, virou-se pra mim. Respirou fundo, tirou dos pulmões uma força insuspeitada e gritou, com a voz que Maria Callas usaria se tivesse a oportunidade de dizer algumas verdades a Jackie O:

— Eu não quero sentar, seu babaca!

Enquanto a velhinha pegava suas sacolas e se encaminhava pra outro vagão, o silêncio no carro começou a se transformar em cochichos. Espantoso que só eu ria, ninguém mais parecia ver qualquer humor na situação. Possivelmente foi neste momento que me apaixonei pelo metrô de Nova York, a indiferença em movimento.

Ademais, o metrô é a mais completa passarela de moda da cidade. Com sorte, num mesmo carro você pode ver espécimes representativos de metade dos movimentos da estética pop dos últimos 20 anos, de tal forma que você já não sabe mais o que é original e o que é revival, o que é ameaçador e o que é pose, o que Tommy Hilfiger está imitando e o que é imitação de Tommy Hilfiger.

Esperar o trem nunca é tedioso. Na estação perto da minha casa, há um anúncio de alguma organização de soropositivos. Há semanas venho acompanhando os debates que se desenvolvem a caneta sobre o cartaz. Começou quando alguém escreveu que os dois gays da foto representavam a decadência do homem branco. Vocês podem imaginar o resto.

A única coisa de que definitivamente não gosto é a música. Não sei quando nem por que se criou o mito de que há grandes músicos tocando no metrô de Nova York. Talvez isso tenha sido verdade em algum momento, mas não agora. A maioria não tem condições de subir na carreira, só descer mais um pouco — eu mesmo já cogitei empurrar um ou outro sobre os trilhos.

Mesmo que a trilha sonora seja de quinta, o metrô de Nova York é sempre um bom filme de aventura. Certa vez, uma amiga brasileira, que mora aqui há anos, tentou salvar um garoto da morte no metrô. A peste tinha seus 5 anos e se aproximava perigosamente de cair nos trilhos enquanto não se via nem sinal da mãe. Minha amiga descobriu um insuspeitado instinto maternal e levantou a criança pelas axilas. Aí a mãe deu sinal, em alto e bom som:

— Ela está molestando meu filho! — gritava, com o dedo apontado pra minha amiga, paralisada, sem saber se segurava a criança até a progenitora se acalmar ou se a jogava na frente do trem que se aproximava.

Acho que ela tomou a decisão errada.

12 DE JULHO DE 1997

Vizinhos

NOVA YORK. É coisa que não costumo espalhar. Sou nascido e criado no Rio, mas minha família originalmente é de uma cidade no interior de Minas, onde fui obrigado a passar muitas férias. Jamais gostei da vida de interior. Meu pai diz que devia me orgulhar de não ter sido criado como as crianças de cidade que nunca viram pato de perto. Mas até hoje não vejo por que é preciso saber que patos nascem com penas e sem arroz.

O que mais me incomodava nessas férias no interior era a absoluta falta do que fazer. O grande programa de fim de semana era dar voltas em torno da igreja na praça central e, depois, descer algumas quadras na direção sul até uma zona com meia dúzia de bares.

Agora sou adulto e moro em Nova York. Alguém se interessa em saber o que fiz sábado passado? Dei umas voltas no Central Park e, depois, desci pra beber em downtown. Como dizia meu finado tio Paulo, que morreu pobre, honesto e ainda por cima no interior de Minas, "quem nasce pra tatu morre cavucando".

Mas não dá pra comparar Nova York com o interior de Minas em pelo menos um ponto: os vizinhos não sabem nada da vida um do outro. Ninguém faz fofoca. Ninguém empresta xícara de açúcar. Aliás, ninguém cumprimenta o outro.

Não levou muito tempo pra aprender que dizer "bom-dia" no elevador é sinal de boa educação; esperar resposta é passar atestado de otário. Conto nos dedos do pé de um pato (patos que nascem com penas e sem arroz têm pés; coisas que se aprendem em Minas e nos mercados de Chinatown) os interlóquios que tive com meus vizinhos.

Há um rapaz gorducho no quarto andar que é sorridente e falante, e sempre bate altos papos no elevador. Com Sargeant, seu boxer. Aprendi o nome do cachorro num belo dia em que o bicho começou a me lamber.

— Sergeant, já lhe disse que *nós* não lambemos pessoas — disse o dono, pra meu grande alívio.

Teve a moça que não queria me deixar entrar atrás dela numa determinada noite. Antes de botar a chave na porta (prédio sem porteiro), ela me olhou com expressão ameaçadora e perguntou:

— Você mora aqui?

Já sei agir nessas situações. Fiz uma cara séria e respondi:

— Você está me discriminando porque sou latino.

Ela abriu espaço e me deixou passar.

Outro dia, chegando da rua, havia uma vizinha com cara de bunda encostada na porta. Ela avisou que a fechadura estava quebrada e a porta não abria. Perguntei se não podia ser a chave dela. Explicou que não, a chave entrava, a fechadura girava como se estivesse solta e o trinco não se mexia. Mas o super já fora chamado.

Pausa explicativa: super é o superintendente. Espécie de faz-tudo responsável por vários prédios na mesma rua, todos pertencentes a um só senhorio. Quando me mudei e disseram "qualquer problema, chame o super", imaginei que era só gritar e o Christopher Reeves entraria voando pela janela. Nada. O super é um senhor porto-riquenho de metro e meio de altura e outro tanto de cintura, mais veloz que uma tartaruga, mas apenas que uma tartaruga.

Bem, até o super chegar, criou-se um ajuntamento. Uns seis vizinhos parados na porta, todos constrangidíssimos pela proximidade um do outro, sem trocar qualquer palavra. Aí apareceu uma sétima pessoa. Uma menina gordinha que, pelos trajes, voltava do cooper no Central Park. Tentaram avisar a ela que a fechadura estava quebrada, ela não ouviu por causa do walkman. Foi direto à porta, girou a chave, abriu e entrou.

Agora entendo por que ninguém fala com vizinhos em Nova York. Eles não dizem nada que preste.

22 DE AGOSTO DE 1998

Massagem erótica
× cafuné

NOVA YORK. "Ninguém jamais irá espalhar óleos eróticos por sua bem desenvolvida mente ou algemar seu grande senso de humor na cabeceira da cama." Trata-se do anúncio da academia de ginástica Equinox. Não deixa de ser uma variação do clássico "No pecs, no sex" ("sem peitorais, nada de sexo"), slogan da David Barton Gym nos anos 1980. Mas agora é pessoal.

Eles falam em "sua mente" e "seu senso de humor". E mandaram isso à minha casa pelo correio, num cartão-postal com meu nome e endereço. Não há dúvidas de que estão se referindo à minha mente e ao meu senso de humor. Obrigado por acrescentar que aquela é bem desenvolvida, e este, grande. Mas os adjetivos não melhoram a situação. Vá rogar praga na casa da sogra, sô!

Juro que tento evitar o tema homens em crise, mas não me deixam. Vejo com nostalgia o tempo em que a careca e a barriga se avizinhavam, mas a gente podia contar com o trunfo da inteligência e do senso de humor. Não só estas moedas estão desvalorizadas, como já há consciência plena de sua qualidade biodegradável. Escrevo estas mal traçadas linhas depois de duas noites de insônia e sinto nitidamente que centenas de neurônios foram perdidos para sempre. Seria capaz de contá-los. Se ainda fosse capaz de fazer contas.

Diante das evidências de que inteligência e senso de humor não servem pra nada, resolvi voltar à atividade física após dois meses de inércia. Sim, me rendi ao recado da Equinox, mas não necessariamente como eles esperavam: rumei para um concorrente.

E lá estou na saída da piscina, me trocando no vestiário, quando ouço a conversa por trás de mim.

— Sabe, a produtora de *Naked boys singing* me ligou, já é a quarta vez.

Naked boys singing é exatamente o que diz o título: rapazes nus cantando. O musical off-off-Broadway já está há mais de ano em cartaz, ao que se sabe sempre lotado, atraindo tanto o público gay quanto grupos de chá de noiva. E nem é encenado no Teatro Brigitte Blair.

A voz no vestiário — que depois descobri pertencer ao instrutor de natação da piscina infantil — continuou explicando ao amigo seu dilema. Talvez não seja bom para a (pretensa) carreira de ator. Por outro lado, é uma grana garantida. Eu já estava pronto para ir embora quando ouvi a frase que parecia marcar sua decisão final.

— Mas, sabe, fui assistir ao show e não é ruim, tem uma mensagem — disse ele, muito sério. — Quando você fica nu, está mostrando sua alma.

A-ham. E alguém certamente vai querer algemar a inteligência e o senso de humor dele na cabeceira da cama.

12 DE FEVEREIRO DE 2000

Exclusão corporal

Enquanto o Rio de Janeiro finge que debate a exclusão social e, na verdade, cria trincheiras de guerra civil, confesso que neste exato momento ando mais preocupado com a exclusão corporal.

Tal pensamento egoísta tem uma razão (o que não o torna nobre, claro). Almoço de domingo na varanda do Zazá Bistrô, às pressas, antes de ir para o plantão na redação. A tendinite gritava até na hora de levantar o copo. Enquanto isso, Ipanema desfilava sua superioridade genética à minha frente.

Agora estou aqui, escrevendo a crônica a mão num bloco pautado pra economizar os dedos e digitar as ideias formadas. Gostaria de poder me comparar aos que escreviam com tinteiro. Mas logo uma vizinha de mesa pergunta se estou escrevendo uma redação sobre o que fiz nas férias.

O mundo se divide em dois: gente cujo corpo lhe ajuda, gente cujo corpo lhe atrapalha. É o sutil nazismo da natureza, que plástica, ginástica e Ipanema só acentuam. E o confronto constante entre as duas espécies é o pior efeito colateral de se viver num balneário que já perdeu suas pretensões a metrópole.

Até certa idade, a solução é se fiar no preconceito de que os favorecidos em corpo são desfavorecidos em cérebro. Tudo muda quando você se dá conta de que pensar demais só dá rugas. Além de bonitas, saudáveis e desprovidas de doenças adquiridas no trabalho, essas pessoas ainda são burras? Assim não me aguento de tanta inveja.

17 DE AGOSTO DE 2002

Corvos sobre Berlim

BERLIM. Num belo dia de outono em que o céu varia entre o cinza-chumbo e o cinza-grafite, a imagem mais característica desta cidade é a revoada de corvos — centenas deles — entre os moderníssimos arranha-céus da nova Berlim e os antigos e autoritários caixões nazi que convivem em harmonia nas cercanias de Potsdammer Platz. O que realmente impressiona, contudo, é uma cidade tão sombria ser tão sexy.

Chamar Berlim de sexy não é uma impressão pessoal, é o lema da cidade. O atual prefeito, Klaus Wowereit, que como seu colega de Paris é gay assumido, lançou o slogan "Berlin ist arm aber sexy" (Berlim é pobre, mas é sexy), que hoje decora até capachos vendidos em mercadinhos. Pelo que sei, nenhum berlinense ficou ofendido. Imaginem se tentam lançar slogan similar para o Rio, a gritaria indignada nas cartas de leitores do jornal.

Voltando a Berlim, é indiscutível que o slogan procede. Berlim é pobre, talvez a capital mais barata da Europa, onde a tradição do mau gosto alemão pesa num povo que não tem a menor vontade de ser cool, dificilmente exibe roupas que ostentam grifes, onde bar bom é bar udigrúdi, onde viver de seguro-desemprego é normal. Berlim passou ilesa por Phillipe Stark e pela revista *Wallpaper*, os ícones máximos do *cool* que estragaram o Ocidente nesta virada de século. Uma cidade onde praticamente só existem variações de classe média, os ricos ficam isolados em subúrbios e mal são vistos pelos cidadãos comuns.

E Berlim é sexy, em parte porque vê o sexo com muita naturalidade. Aqui há bares de sexo funcionando no térreo de prédios perto de Nollendorfplatz onde mora a ponta mais alta da classe média alta da cidade. E aqui o Berlin Porn Film Festival ocupa duas salas do Neue Kant Kino em Charlottenburg como se fosse a coisa mais natural do mundo. Imaginem um festival de cinema pornográfico no Estação Ipanema.

Carioca provinciano que sou, confesso que fui assistir à sessão competitiva de curtas do festival antecipando ver uma plateia tomada pelos freaks do Berghaim e do Kit Kat Club, dois dos pilares da cena noturna da cidade que explicitam a conexão entre pista de dança e cama, coisa que na maior parte dos clubs do mundo é apenas sugerida. Qual o quê. O público era o mesmo que circula pelo Kant nas sessões de cinema de arte.

Cabe dizer que o festival berlinense abriga um cinema pornográfico dito alternativo, isto é, feito fora da miliardária indústria pornô mainstream de Hollywood. Vários dos filmes tinham pretensões artísticas, como o canadense *Give piece of ass a chance*, de Bruce La Bruce, evidente trocadilho com o "Give peace a chance", sendo que "piece of ass" (pedaço de bunda) é uma gíria genérica pra sexo. No curta, um grupo de terroristas lésbicas sequestra a herdeira de um fabricante de armas, dá-lhe um banho de língua, e ela sai de lá exigindo que o pai passe a produzir sex toys.

Desde a abertura, quando os organizadores explicaram que a partir deste ano a sessão competitiva não iria mais ser dividida entre filmes hétero, gays e lésbicos ("Essa divisão era contraditória, não tinha nada a ver com sexo", explicaram), o público do Estação Ipanema daqui assistiu a tudo impávido. Melhor, a quase tudo. No americano *Atomic Skullfuck Orgy*, em que uma assessora de imprensa é sexualmente torturada por um grupo de ex-clientes, a plateia teve ataques de riso nervoso coletivo. Não era pra menos, mas não posso explicar as razões em detalhes, só vou dizer que escatologia não dá conta. O diretor Joe Gallant subiu ao palco pra explicar que ninguém sofrera abuso no filme e que a atriz fazia aquelas coisas em casa. Ah, tá.

Mas isso tudo explica por que Berlim é sexual, não porque é sexy.

Berlim é sexy porque é pobre. Porque talvez seja a única grande capital Ocidental onde ostentar Gucci na cara e D&G na bunda não significa absolutamente nada. É sexy porque não tem vergonha ou pudor ou falso moralismo. E porque aprendeu com as lambadas todas que levou ao longo do século XX. Nesse sentido, o ensolarado e ensuarado Rio de Janeiro fica muito a dever em sensualidade à sombria e vampiresca Berlim.

3 DE NOVEMBRO DE 2007

Major celebrity, minor country

Quando foram apresentados socialmente, um tinha uma vantagem sobre o outro. Pra ser sincero, é difícil saber qual dos dois estava com a vantagem; isso fica por conta do juízo do leitor. Fato é que o brasileiro sabia que o nome do americano já corria o mundo havia algumas décadas. O americano não sabia que boa parte dos 170 milhões de brasileiros conhecia o nome de seu mais novo amigo. Quando entendeu a situação, o americano disse:

— Oh, you're a major celebrity in a minor country.

Ou:

— Ah, você é uma grande celebridade num país menor.

Claro que aquele pequeno resíduo de orgulho patriótico saiu ferido quando o protagonista brasileiro me contou o clímax da história. Sim, somos um país de quinta, com índices de escolaridade inversamente proporcionais aos de corrupção, mas também não somos um "minor country". Digamos que o Brasil está mais pra mal passado que pra cru. Até porque, se este é um "minor country", o que dizer do Butão?

Se o Brasil é irrelevante ou apenas mal-acabado, não interessa. A frase de efeito me fascinou pelo seguinte: em tempos de reality shows, *Caras* e áreas VIP, estamos há tanto tempo repetindo que a fama virou a principal moeda de troca contemporânea que nos esquecemos do quanto ela é relativa. Ou, em mau português: tanta gente se acha, tão pouca gente pode.

Num extremo, temos as "microcelebridades no grande universo". Sim, a internet é o mundo. Mas ter algumas dezenas de acessos diários ao seu blog ou centenas de "amigos" no orkut fazem de você, quando muito, alguém que deveria passar mais tempo na praia.

Os tipos mais fascinantes, contudo, são justamente as grandes celebridades. Por exemplo, o que não falta por aí é "a major celebrity in a tiny little club". Sim, você entra sem pagar nas boates mais quentes da cidade, é convidado para os chill-outs mais decadentes, ganha dois beijinhos de todos os DJs — as ultramegacelebridades dos pequenos microclubs — e de vez em quando até tem foto publicada no jornal em alguma matéria sobre gente esquisita. Mas isso só faz de você alguém que ainda não aprendeu que usar óculos escuros à noite é mico até em Los Angeles.

Há ainda a grande celebridade no menor número de dias do ano, título disputado por gostosas sem samba no pé às vésperas do carnaval e estilistas e fotógrafos de moda durante o Fashion Rio. E a grande celebridade na menor loja do Fashion Mall, aquelas donzelas que gastam 20 salários mínimos numa bolsa porque, pelo menos ali, na hora de passar o cartão, vão ser tratadas como se fossem a Madonna. Mesmo pagando parcelado.

Nenhuma grande celebridade, porém, é tão tipicamente carioca quanto a grande celebridade do menor e mais xexelento botequim. Afinal, carioca acha que beber cerveja é uma invenção local, que a combinação de sanduíche de pernil, ovo colorido e banheiro imundo faz de nós uma raça superior. Aí basta ser o mais bêbado, o que fala mais alto e conta mais vantagem pra ser a maior celebridade daqueles seis metros quadrados de azulejo sujo enquanto o balde com água sanitária é despejado aos seus pés por um assalariado que não deu a mínima pro que você disse a noite inteira e só quer saber de pegar o ônibus pra casa. Nós, jornalistas e cronistas de jornal, costumamos ser candidatos habituais a tal prêmio, mas sempre tem um artista plástico que expôs numa coletiva do Paço nos anos 1990, um cineasta pernambucano ou um músico que mora na Gávea à frente da disputa.

Só agora, depois de ouvir a história da "major celebrity in a minor country", entendi aquele papo dos 15 minutos de fama para todos. Não é o *Big Brother*, nem a internet, é a ausência de relativização. Basta ter alguma fama, não importa o quão irrelevante seja a plateia.

17 DE NOVEMBRO DE 2007

Última parada

O mundo acabou ontem, enfim. E vocês podem imaginar meu alívio ao ver que a Clarisse era a *doorwoman* do céu. Quem não conhece, devia — é a hostess mais celebrada do Rio de Janeiro. Fui logo dando dois beijinhos e perguntando se estava animado lá dentro.
— É claro que não. É o céu.
— Posso dar uma olhadinha pra ver se quero ficar?
— Não, porque você não vai ficar. É *invitation only*, e seu nome não tá na lista.
— Pô, gata, precisa falar desse jeito?
— "Gata" já é falta de respeito!
— Mas eu sempre te chamei de "gata".
— Achei que você ia entender logo, não sou a Clarisse, sou São Pedro. Apenas visto o ectoplasma de alguém com quem o interlocutor se sinta mais à vontade. Posso ser o maître do Antiquarius, o Paiva do Jobi, por aí vai. Quer ver? Pra você também posso ser a Nicole. Só não chama de "gata".
E eis que Clarisse se fez Nicole.

— Nicole? Já sei que não vou ganhar pulseira VIP, mas dá uma olhada na lista amiga, tenho certeza que recebi o e-mail e dei reply.

— Não recebeu e-mail nenhum, porque não vai entrar no céu.

— Tudo bem, não ia ter ninguém conhecido aí dentro... Mas me diz o porquê. Nunca matei ninguém. Sempre reprimi o instinto de chutar crianças barulhentas em restaurantes. Só roubei uma vez: um cinzeiro de motel, mas era trote pros estagiários do *Jornal do Commercio*; se ainda não foi perdoado, é coisa que se resolve com uma semana de purgatório.

— Você não pode entrar no céu porque não acreditava em Deus!

— Xi, não sabia que era eliminatório!

— Então, vai sair da fila ou vou ter que chamar o segurança?

— Mas há atenuantes pra não acreditar em Deus! Ele também não ajudou, sempre foi muito mal representado, um problema sério de divulgação.

— Tá anotado que você estudou em colégio de padre, é atenuante, mesmo assim...

— Falei no geral, todos aqueles que usam o nome Dele, que dizem que divulgam a palavra Dele, que dizem falar em nome Dele. Você viu a última da Universal? Aquela série de processos contra jornalistas, contra a pobre moça da *Folha* que simplesmente reportou que o bispo Macedo construiu um império de comunicações... E aqueles bispos da Renascer presos em Miami? Antes do mundo acabar andava muito difícil acreditar em Deus. Era tanta gente falando Nele, e tanta gente que, vamos combinar... Fui praticamente induzido ao ateísmo!

— Tá tudo anotado aqui, seu sofrimento na era Garotinho, sua aversão a quem mistura política com religião. São atenuantes, sim, mas no fim das contas dá no mesmo. Você não acreditava em Deus, não entra.

— Qual é? E o obscurantismo do Bento XVI? Queria que eu engolisse na boa?

— Isso é um problema entre Ele e Sua Santidade o papa.

— Então vamos mais longe. E os escribas do Antigo Testamento? Aquelas barbaridades todas que disseram que Ele fez? Matou todos os primogênitos do Egito, coitados! E o mesmo Bush que acreditava nisso vinha pregar contra o aborto.

— Deus não tem culpa se os homens levaram uma obra literária a sério, e você tá atravancando a fila.

— Só acho que alguém podia ter dado um toque Nele, tipo assim, o nome Dele tava sendo avacalhado, nunca se fez tanta bobagem em nome Dele desde a inquisição. A imagem tava desgastada quase ao nível de Senado e Alerj! E olha que só falei dos cristãos, não vou nem começar com os...

— (interrompendo) Próximooooooo!

— Só mais uma coisa. Quem entrou? O Macedo tá aí dentro? Os Hernandez? O Ratzinger?

— A lista é confidencial.

— Desisto! Tudo bem, vou conviver com assassinos e prefeitos que não recolhiam crianças das ruas, vou pro inferno.

— Não conheço a *door policy* de lá.

— Então pr'onde é que eu vou?

— Se vira. Mas no botequim da esquina tem cerveja de garrafa.

Se percebeu que esta crônica é um plágio mal-acabado de "Vida eterna", de Luis Fernando Verissimo, parabéns. Sinal de que lê Verissimo. Mas lembre-se, tecnicamente, preferimos o termo "intertextualidade". E, socialmente, "homenagem".

23 DE FEVEREIRO DE 2008

O fim dos Garotinho

O dia 30 de abril de 2006 há de ser lembrado como um dia feliz. Sou ruim de datas, me atrapalho até com o aniversário da minha mãe. Mas espero nunca esquecer esse dia. A partir de agora, todo 30 de abril vou comer só chocolate em todas as refeições, vou esquecer o rock inglês e ouvir Jackson do Pandeiro. Afinal, foi o dia em que recuperei o otimismo.

Podem me chamar de ingênuo, não vou ligar. Estarei ocupado cantarolando o samba-enredo da União da Ilha de 1982. Entendam: vivi todo o corrente milênio temendo a família Garotinho. Agora, acabou.

Os fiéis de Garotinho concluiriam que, se não gosto deles, é porque sou um instrumento dos banqueiros internacionais. Logo eu, contrário às privatizações e favorável ao assistencialismo. Logo eu, que seria capaz de apoiar o programa de governo de Garotinho se não viesse com Garotinho no pacote.

Nunca esqueço o primeiro e único encontro com Garotinho. Quando foi eleito governador, eu morava no exterior, estava fora e por fora. Até que fui cobrir uma palestra dele em Nova York. Gostei de algumas de suas ideias, mas lá pelas tantas ele explicou que o cheque-cidadão seria distribuído por igrejas, alegando que os pastores conheceriam melhor os necessitados das comunidades. Entrei em alerta vermelho: "Templos como intermediários de dinheiro público? Se não for ilegal, é imoral e engorda."

Logo voltei ao Rio, e passei os últimos cinco anos na Garotinholândia. A má impressão inicial aos poucos se transformou em desespero. Os motivos para isso todos conhecemos. A degradação da cidade do Rio de Janeiro, mais particularmente na saúde e na educação. Seu descaso com a escalada da violência (quem se esquece de 2004, quando ele e Rosinha sequer interromperam as férias durante uma das mais graves crises na Rocinha?). O discurso de mártir, tentando escapar de toda e qualquer responsabilidade, jogando a culpa ora no governo federal, ora na "elite" da Zona Sul. E a mistura de política e religião, ao usar, como plataforma de projeção nacional, programas de proselitismo em tevê e rádio.

Nisso tudo, entrevia-se seu pendor para o caudilhismo, o populismo, o messianismo.

Por essas e tantas outras, sempre fui opositor de Garotinho. Mas até o dia 29 de abril, estava certo de que ele conseguiria se eleger presidente em 2010. Quando o governo Lula caiu na lama e ele começou a subir nas pesquisas, temia que o mal acontecesse ainda este ano.

No dia 30, porém, tudo mudou. Num dos atos mais ridículos da história política brasileira pós-Jânio Quadros,

Garotinho decretou greve de fome, virou motivo de escárnio dentro do próprio partido e enterrou sua carreira. O melhor que lhe pode acontecer agora é se candidatar a prefeito em 2008, por legenda pequena (sugiro o Prona). Depois deste triste episódio de birra e chantagem, em que se mostrou irresponsável como candidato e imprevisível como militante partidário, é difícil crer que o PMDB decida-se por sua candidatura na convenção do dia 13.

Foi. Acabou. Não tem mais. Se Lula matou a esperança da minha geração ao descumprir a promessa de um governo ético, Garotinho reacendeu a luz no fim do túnel. Por si só, nos livrou de nosso potencial Hugo Chavez.

Agora, por mais que Rosinha tente inflamar os eleitores ainda fiéis na base da manipulação religiosa e martirização ("Os que debocham não conhecem o poder e o peso da mão justa do meu Deus", disse ela), não creio mais num futuro político para Garotinho. Ele está só com seus fiéis. E só fiéis não fazem um presidente.

Obrigado, Anthony Garotinho, por me devolver a esperança e o otimismo.

Oh, sim, eu posso estar errado.

6 DE MAIO DE 2006

A volta de Collor

Sou aquilo que se costumava chamar de filhote da ditadura. Nasci em 1970, meus anos de formação foram os de Geisel e Figueiredo, vivendo um microcosmo de ditadura nos porões de um colégio católico onde o domínio da lógica matemática era confundido com poder e o pensamento era proibido.

Descobri que não gostava de gente ao me ver espremido no comício das Diretas Já, na Candelária. Época estranha aquela. Ainda gostava de Milton Nascimento, mas logo tomei tento e entendi que música boa mesmo vinha da Inglaterra. Hoje a afirmação pode parecer tola, mas na época não havia muita chance de a puberdade se encontrar com a MPB.

Isso é só um preâmbulo pra dizer que passei meus primeiros 18 anos com uma ideia platônica do que significavam democracia e liberdade. Votei pra presidente pela primeira vez na primeira vez em que o país pôde votar pra presidente pelo menos desde tempos, pra mim, literalmente imemoriais.

Aí o Collor ganhou. Sabia que não ia prestar. Não prestou. "Democracia é o pior sistema de governo, exceto por todos os outros que já foram tentados." Creio que aos 18 anos ainda não conhecia a célebre frase atribuída a Winston Churchill, mas foi mais ou menos isso que me veio à cabeça quando saiu o resultado da eleição. Provavelmente traduzido como "puta que o pariu, esperei tanto tempo pra terminar (ou começar) assim?".

Se gostasse de escrever com floreios e arroubos literários, este seria o momento pra fazer alguma analogia a Proust. Mas só quero partilhar o que foi ler as reportagens sobre o encontro do senador Fernando Collor com o presidente Lula. Fico em dúvida sobre o melhor chavão. Poutpourri de emoções? Turbilhão de lembranças? Cornucópia de memória? Foi como acordar de ressaca, tentando organizar imagens que ficaram desordenadas na cabeça por culpa da amnésia alcoólica.

Uísque Logan. O jardim da Casa da Dinda. Escada, a grife. A inexpressividade de Zélia anunciando o confisco. Gravatas Hermés. O cooper semanal. O jet-ski. O bigode de PC que parecia sempre esconder um sorriso sarcástico. A mãe de Lurian. O momento do debate em que ele disse que não poderia comprar um aparelho de som igual ao de Lula.

Estou tomado pela imagem de Rosanne Collor de tailleur com ombreiras e os sapatos forrados do mesmo tecido. Imagem que se funde com a da tatuagem barata com o nome da atual mulher no punho de Fernando Collor. Dois pequenos símbolos do ridículo collorido, cada um com a estética de seu tempo.

Sem conseguir racionalizar, fico só com o medo de que essa fusão vá me causar insônia pelas próximas noites. E a sensação absolutamente egocêntrica de que, como em filmes de terror sobre maldições que retornam em ciclos, *elle* aparece pra me assombrar a cada 18 anos.

24 DE MARÇO DE 2007

O perdigoto é o limite

Clichê favorito do Rio de Janeiro no momento, quiçá do país, é o tal do "perdemos a capacidade de nos indignar". Só não sei quem perdeu, porque o que mais vejo por aí é gente indignada. As pessoas andam tão indignadas que consideram sua própria indignação suprema, absoluta, maior que a dos outros, estes, sim, uns incapazes de tudo, até de se indignar.

O que perdemos é a capacidade de agir a partir da nossa indignação. Mas, pensando bem, pra perder, era necessário ter tido isso algum dia, né? E, se em algum momento tivemos essa capacidade, hoje não teríamos tantos motivos pra nos indignarmos e, logo, ficarmos indignados com a falta de indignação que atribuímos aos outros. Ufa!

Fato é que todo mundo anda indignado e, pior, 99% das vezes com motivo para tal. Portanto, quero propor, humildemente, alguns princípios de etiqueta para que nós, indignados, possamos conviver em mesa de bar sem que a manifestação da indignação possa gerar mais indignação.

1. Não babe. Por mais furioso que você esteja, por mais fortes que sejam seus motivos, por mais que você queira espernear... Não babe. Uma veia saltada na fronte já dá a medida da sua indignação. Ninguém precisa dos seus perdigotos.
2. Cuidado ao pontuar sua indignação com gestos. Um dedo em riste às vezes é inevitável. Mas punho fechado já pode parecer canastrice. E lembre-se: não vale gesticular com os talheres, nem que o assunto seja o Maluf.
3. Todo brasileiro inserido na economia formal terá, em algum momento da vida, motivos pra se indignar com pelo menos uma das seguintes empresas prestadoras de serviço: NET Vírtua, Oi, TIM, Bradesco, dentre outras. Nessas horas, você merece desabafar, não há quem sobreviva a três horas pendurado com o call center sem precisar de um ombro amigo depois. Mas lembre-se: essas histórias são as mais chatas do mundo. Escolha um ou dois amigos íntimos, conte seu perrengue, todas as ligações transferidas, as horas de espera, tudo! Mas, ao sair, pague a conta do jantar ou dos chopes. Seu interlocutor merece.
4. O pleno exercício da indignação exige alguma cumplicidade, senão, não tem graça. Não saia por aí destilando indignação com qualquer um na fila do supermercado. Você pode estar indignado com a violência policial e a senhorinha à sua frente querer bandido morto. Ou vice-versa. Não vai dar em nada, um não vai mudar a opinião do outro.

5. Por mais indignado que você esteja, não defenda a pena de morte, nem repita discursos do Sivuca ou do Wagner Montes. Ah, sim, claro, estamos numa democracia, e você tem todo o direito de defender a pena de morte. Mas é como palitar os dentes em público: ser um direito seu não torna o ato menos grotesco. Parafraseando um célebre livro de etiqueta, defender a pena de morte é coisa que só se faz no banheiro, sozinho, de porta trancada e luz apagada.
6. Esperança em excesso é burrice. Mas pessimismo também. Não desperdice uma boa dose de indignação ao ler que a PF prendeu juízes corruptos. Isso é uma boa notícia, não é pra sair por aí bradando que neste país só tem corrupto, guarde esse discurso para uma melhor oportunidade. Você vai precisar dele no dia seguinte, quando eles forem soltos por um colega.
7. Nunca, jamais, perca o senso de humor. É claro que a gente fica indignado com o Crivella, por exemplo. Mas esse senhor é tão meticulosamente ridículo, não dá pra falar dele com veia saltando na fronte, sangue subindo à cabeça. Para casos como esse, existe o sarcasmo. Se você não é exatamente bom em tiradas, treine antes em casa. Comece pelo mais simples, use piadas clássicas de papagaio e afins. Tipo: "Quantos Garotinhos são necessários pra trocar uma lâmpada"? Resposta: "Um Garotinho nunca é necessário." É sem graça, mas é um começo.
8. Esqueça todas as regras quando alguém morre de bala perdida.

5 DE MAIO DE 2007

Geração inflação

Não sei precisar a data, mas a primeira vez que entrei num botequim pra comprar cigarro com o dinheiro certo na mão foi inesquecível. Em boa parte de uma existência dedicada a financiar a Phillip Morris, já me habituara a pedir o cigarro — ou qualquer outra coisa — sem pista de quanto estaria custando àquela hora do dia. Mas esta não é uma coluna sobre economia, e sim sobre sexo.

Tudo começou quando um amigo foi limpar a estante e, sabendo de meu fascínio por Berlim, me deu de presente *O templo*, romance autobiográfico do poeta inglês Stephen Spender centrado em sua viagem à Alemanha em 1929, uma década depois da Primeira Guerra, quando o nazismo era uma ameaça já real, mas ainda vaga, como os políticos neopentecostais no Brasil de hoje. O protagonista assexuado sai de uma repressora e reprimida Inglaterra para encontrar um clima de hedonismo desvairado em terras germânicas e finalmente perde a(s) virgindade(s) para um rapaz e uma moça, sucessivamente. Note, falo de hedonismo, nada a ver com a perversão sexual institucionalizada que virou atração turística na Berlim atual. Verdade que nos anos 1920 boa parte do Ocidente vivia uma revolução sexual *avant la lettre*, mas não surpreende que Nova York, Chicago, Paris e Rio caíssem na vadiagem, questão de vocação. Agora... Berlim e Hamburgo?! No país dos Buddenbrook de Thomas Mann? Aqueles comerciantes protestantes com sentimentos contidos? Uma gente que hoje tem como grande charme a simpatia fomentada pela eterna expiação da culpa? Como entender o surto da era dos cabarés tão próximo da virada rumo à escuridão total?

Fácil, depois de ler *O templo*. O livro de Spender é bem mais fraquinho que os de seu amigo e companheiro de viagem Christopher Isherwood, mas tem pelo menos uma passagem muito elucidativa. Quando o narrador pergunta ao mais sedutor de seus anfitriões se foi a derrota na Primeira Guerra que tornou os jovens alemães tão peculiarmente livres e descompromissados, o rapaz responde que não:

"O que fez a geração atual tão diferente da anterior foi a inflação. Por um ano ou dois na Alemanha o dinheiro ficou completamente sem valor. Para pôr uma carta no correio, era preciso colar no envelope um selo de um milhão de marcos. Para comprar um pão, era preciso encher uma valise de notas. [...] Nós, crianças, ficávamos impressionadas. [...] A nova geração não ama o dinheiro como seus pais amavam. Naturalmente que, para fazer o que queremos, precisamos de algum dinheiro. Mas de que serve acumular grandes quantidades se tudo pode desaparecer da noite para o dia? E não queremos ter muitas coisas. Queremos viver, não adquirir coisas. Sol e ar e água e fazer amor não custam tão caro assim."

Curioso. Se foi a inflação que transformou os jovens alemães dos anos 1920 em cariocas, o que a inflação dos 1980 teria feito com os cariocas? Deixa ver... Usávamos roupas escuras, recusávamos a praia e o samba em prol da noite e do rock, afogávamos a sensualidade para renegar a cultura de um país que só nos oferecia um passado vergonhoso de ditadura, um presente corrupto e um futuro desesperançado. Enfim, viramos alemães. Sem a tal da eficiência.

4 DE ABRIL DE 2009

William Wilson

— Vi você andando de bicicleta em Laranjeiras.

Ouvi essa frase pela primeira vez há quase dois anos e desde então essas aparições se tornaram mais e mais frequentes. Só tem um problema: não sei andar de bicicleta. Quer dizer, sabia e esqueci, mas evito entrar nesses detalhes pra não causar celeuma.

Conhecidos das mais diversas procedências, raças e credos, com os mais variados níveis de intimidade, repetiam variações da frase acima. Eu contestava, não só pela bicicleta:

— Fui criado em Laranjeiras, mas não entro numa padaria naquele bairro há pelo menos sete anos.

Muitos não se davam por vencidos. Insistiam que era eu. Diziam até que as tatuagens eram as mesmas.

Sonambulismo? Amnésia alcoólica? Concluí que tinha um sósia em Laranjeiras. Já andava preocupado: e se o cara matar alguém? Vi *O homem errado*, oras, e ninguém está livre de um pouco de paranoia cinematográfica.

Certo dia pensei ter visto o sósia de longe. Estava parado de táxi esperando uma amiga sair da portaria, pedi ao motorista pra buzinar de leve e, nisso, quem olha? Um cara muito parecido comigo. Ficou de longe olhando pra dentro do táxi achando que podia ser com ele. Parecia um filme de David Lynch. Deu uma certa angústia. Pensei em saltar do táxi e ir atrás do cara, mas aí já virava filme do Brian de Palma. Seria o sósia de Laranjeiras se aventurando por Botafogo?

Até que uma amiga veio falar do sósia com um diferencial: ela o conhecia, era seu professor de pilates. Dei um jeito de encontrá-la na academia. Ansioso. E se ele fosse medonho? Teria eu que admitir ser os cornos do Monstro da Lagoa Negra de Laranjeiras?

Foi pior. O cara é realmente parecido, mas está em muito melhor forma que eu. É professor de pilates; eu passei os últimos 15 anos sentado na frente de um computador alimentando tendinites. Só me restou admitir que sou uma versão mal-acabada de mim mesmo.

De quebra, não tínhamos nada a nos dizer. O melhor que consegui foi perguntar se ele havia sido confundido comigo alguma vez. Se já ouvira algo do tipo "te vi ontem enchendo a cara até as cinco da manhã na Pizzaria Guanabara". A resposta foi sucinta:

— Não.

Bem feito. Ele pode ser uma versão melhorada de mim mesmo, mas minha vida social é melhor. Se bem que, considerando a ressaca de hoje, me pergunto se não é hora de dar uma terceira chance à bicicleta.

12 DE ABRIL DE 2003

Como nascem as lendas urbanas

Um amigo veio me contar uma história ótima. Uma daquelas delícias de gafes de quem não fala línguas e precisa se virar. Até que lá pelo meio do causo tive que interrompê-lo:

— Tá maluco? Fui eu que te contei isso.

Ele jurou que não; quem lhe contou foi um amigo de São Paulo.

Vamos logo à história, tirá-la do caminho, depois a gente volta.

G. foi a Nova York pela primeira vez, sem falar inglês, mas com alguma remota noção de algumas remotas palavras. Viajou acompanhada, mas certo dia teve que sair sozinha e se virar. Lá pelas tantas, perdida, foi pedir informação a um policial, e disse:

— Can I help you?

Pra quem sabe tanto inglês quanto G., eis o que ela perguntou: "Posso te ajudar?" Difícil imaginar o que se passou pela cabeça do seu "puliça", na pronúncia popularizada pela ex-governadora. Quer dizer, é até bem fácil imaginar o que se passou pela cabeça dele, mas, apesar de G. ser uma mulher de consideráveis atributos físicos, ele respondeu só um "não, obrigado, tô bem".

G. deu as costas e saiu bufando:

— Americano é um povo grosso mesmo, como é que o cara se recusa a me ajudar, policial é pago pra isso, que babaca, isso não vai ficar assim não, sou turista, tô gastando meu dinheiro aqui, ele vai me ajudar, goste ou não!

Deu meia-volta e foi ao policial, deu-lhe um cutucão, irritada.

— CAN I HELP YOU?

Não tenho como saber se a esta altura o policial suspeitou de algum iminente ato terrorista, só sei que ele apenas despejou outro "não, obrigado", um pouco mais assustado.

De novo, G. deu as costas e saiu bufando:

— Americano é um povo grosso mesmo, como é que o cara se recusa a me ajudar... Epa, peraí!

G. teve uma epifania e lembrou que a pergunta certa era outra.

A esta altura, só dá para imaginar que G. enfiou a viola no saco e se perdeu por mais alguns quarteirões antes de ter coragem de perguntar qualquer coisa a qualquer pessoa, mas não. Ela deu outra meia-volta e abordou o policial. É, o mesmo policial. De novo.

— Can *you* help me?

Nem presa foi.

Acontece que essa história soa inverossímil. Muito difícil acreditar na parte em que a turista perdida, depois de se dar conta do erro, aborda o mesmo policial pela terceira vez. É preciso conhecer a autoconfiança de G. pra acreditar, ou então ter um amigo com crédito na praça que ateste pela sua autenticidade. Acredito porque ouvi a história da própria G. e conheço a peça. Contei para alguns poucos amigos porque sei que eles confiariam no meu voto de confiança em sua veracidade. Mas quem for ouvir de terceira ou quarta mão já não acredita mais.

Acabei ouvindo de duas formas, em primeira e terceira mão, da própria protagonista e através do amigo que ouviu do amigo paulistano que possivelmente ouviu de outro amigo. Vi uma lenda urbana nascer e se formar.

A situação deu um nó na cabeça. Agora sou obrigado a reconhecer que lendas urbanas possam ter um fundo de verdade.

Por exemplo, a história da moça que foi comprar uma calça, experimentou e, com a cabeça no cartão de crédito, perguntou ao vendedor: "Tá dividindo?" Ele olhou pra virilha dela e respondeu: "Um pouco."

E a da outra que foi viajar pelos cafundós do Oriente Médio, e ao ver uma família passar resolveu fazer uma diatribe com o companheiro: "Depois dizem que não existe criança feia." Para logo descobrir que estava perto dos únicos outros brasileiros estacionados naquele ponto do mundo naquele momento.

E a do cara que pegou um lutador de jiu-jítsu na academia e que no sexo não só quis ser passivo como repetia, enquanto mantra erótico: "Bota mais, maluco."

Ouvi essas histórias várias vezes de diferentes pessoas ao longo de anos. Ou várias vezes da mesma, nem lembro. Ouvi tanto que deixei de acreditar. Mas já não duvido de lendas urbanas.

25 DE AGOSTO DE 2007

Gafes

Sabe aquelas noites em que você só quer uma cerveja? Talvez duas, ou três. Está bem, fechamos em quatro. Ainda assim, é uma ambição modesta. Cheguei à festa, cumprimentei algumas pessoas, caminhei até o bar. Encontrei um conhecido, L., e perguntei:

— Sabe se tem cerveja?

L. não sabia, mas logo viu a pessoa mais indicada a responder, a responsável pelo bufê. Ele refez minha pergunta.

— Não sirvo essas coisas, seu cervejeiro de quinta! — disse ela.

— Não é pra mim, é pra ele — devolveu L., estendendo o indicador em minha direção, com um sorriso sádico.

Necessário explicar que a moça não quis ser grosseira. Os dois eram amigos. Ela estava apenas fazendo troça com um íntimo. Se alguém ali demonstrou falta de educação fui eu, ao procurar algo que não era servido numa festa farta. Todavia, ao se dar conta de que a piada virou bala perdida e atingiu um completo desconhecido, a moça, que em condições normais devia ter 1,60m, perdeu uns 40 centímetros de altura.

Coitada. Desfez-se em desculpas e explicações e tentou me convencer a beber qualquer outra coisa que existisse na casa — mais um pouco e ela se lembraria até do detergente, tal a ânsia de consertar a situação.

Expliquei que não consumo derivados de uva. Nem vinho, nem champanhe, nem suco, nem Fanta, nem passas. Não é religião, ideologia ou alergia, simplesmente não consigo gostar. Então ela mencionou um outro bar, só de drinques. Rumei pra lá e pedi uma vodca com limão.

— Não tem — disse o barman, me estendendo um cardápio. — Só servimos estes drinques.

— Então um Cosmopolitan sem xarope de amora e Cointreau. Vodca com suco de limão.

— Não posso.

— Amigo, eu imploro, não consigo beber nada doce. Não gosto de sabores se intrometendo entre mim e o álcool.

— Eu lhe faço um Cosmopolitan sem ser doce.

Claro que ficou doce. Dei meia-volta e encontrei minha amiga P. Curioso com o tom esverdeado do copo dela, indaguei que armas femininas ela usara pra conseguir vodca com limão. P. explicou que, na verdade, seu drinque tinha — ai, ai — suco de maçã verde. Pedi para provar.

— Argh, tem gosto de xampu. Mas pelo menos não é doce, melhor que o meu, que parece gelatina — falei.

P. e eu trocamos de copo enquanto lhe contava sobre minha desventura com o bartender. Ela deu corda. Falei, falei e falei. P. abriu o mesmo sorriso sádico que eu vira em L. poucos minutos antes e me apresentou ao rapaz a seu lado:

— Esse aqui é fulano da _____ (marca da vodca em questão servida na festa). Ele é o responsável por este bar.

Só então entendi. Como é comum hoje em dia no mundo V.I.P., mesmo festa particular em residência tem merchandising. A imutabilidade dos drinques era parte da estratégia de marketing da vodca _____. Foi a minha vez de perder uns 40 centímetros de altura. Se bem me lembro, o melhor que consegui dizer ao fulano foi:

— Parabéns, a sua vodca é muito boa. — E, numa tentativa de não perder a pose: — Misturá-la com maçã verde é um desperdício.

7 DE AGOSTO DE 2004

Noir

Cometi o primeiro furto de minha vida. Um copo de cachaça e uma colher de café. A combinação parece exótica, mas assim eram servidas as musses de chocolate numa festança elegante em Niterói. Já que a musse era mesmo pra ser consumida pelos convidados, não a contabilizo entre os itens furtados. Só respondo pelo copo e a colher.

Acordei no domingo (modo de dizer, claro, pois a gente nunca acorda de verdade no domingo) e dei de cara com um copo de cachaça, sujo de chocolate e com uma colher de café dentro, sobre a mesa da sala. Havia a prova material do crime, mas como e por que ele fora cometido? Olhei para o copo, o copo piscou de volta. Então as lembranças vieram à tona.

Como quase toda confissão de um criminoso, vou insistir numa atenuante: motivação altruísta. Minha gangue, quer dizer, o grupo que me levara, estava indo embora. Um amigo que ia pegar a mesma carona passava mal. Só estava tentando ajudá-lo, juro. Voltei ao interior da casa, peguei o copo de musse discretamente, achei que a glicose lhe faria bem, mas o bêbado enjoado (em ambos os sentidos de "enjoado") se recusou a comer a musse e eu mesmo dei conta dela, em algum lugar entre São Francisco e Icaraí.

O telefone tocou no fim da tarde. Achei que seria o dono da festa, me preparei pra ouvir ameaças. Era um outro amigo e fiquei aliviado por ter com quem falar, não podia mais carregar a culpa sozinho, precisava confessar a alguém:

— Roubei um copo de musse da festa do C.! Nunca roubei nada da casa de alguém antes, tô me sentindo miserável.

— No meu carro tem um copo de uísque.

— Você roubou um copo de uísque?

— Eu não. Foi um carona. Ele disse que de Niterói a Copacabana era muito longe e ia precisar reabastecer.

— Então você foi cúmplice! E roubar um copo de uísque é mais grave que roubar um copo de musse. Quer dizer, um copo de cachaça no qual era servida a musse. Ou esse copo é de vodca?

Ele não se convenceu de que era um criminoso da mesma laia, nem de que deveríamos fugir do estado. Até porque, convenhamos, são os cidadãos honestos que têm motivos para fugir deste estado das coisas do Rio de Janeiro, não ladrões baratos como eu.

Decidi que ainda era tempo para uma redenção. Poderia devolver o copo. E a colher. Talvez a queixa contra mim fosse retirada. Não seria tão complicado: o dono da festa mora no Rio, apesar de a festa do dono ter sido em Niterói (existe uma razão pra alguém que mora no Rio comemorar o aniversário em Niterói, mas é melhor nem explicar). Liguei para o líder da gangue, o dono do carro que me conduzira ida e volta por sobre a baía, pra pegar o endereço do aniversariante. Ele não tinha. Prometeu que providenciaria na segunda.

— Por favor, explica que tenho toda a intenção de devolver o copo. Lavado. E a colher. Lavada também. Vou botar numa caixa e deixar na portaria. Você sabe onde se compra plástico-bolha?

Na segunda, passei um e-mail pra cobrar o endereço. O calhorda não providenciara nada e ainda me ironizou:

— Ele não faz outra coisa além de procurar esse copo.

— Não podemos esquecer da colher — acrescentei.

O endereço nunca chegou. A faxineira lavou o copo e guardou não sei onde. Nunca mais o vi. A colherinha, então, deve ter se misturado a outros talheres de maior dimensão e, quando o Rio confirmar sua vocação pra Pompeia, vai se transformar em relíquia de uma civilização. Em breves momentos de contato com a realidade, tenho até consciência de que o aniversariante não deve dar a mínima para o copo, nem para a colher.

Mas nada aquieta minha alma culpada. Sei que, em algum lugar desta casa, existem um copo e uma colher que representam o fim de minha inocência.

21 DE AGOSTO DE 2004

Truqueiros

Crianças, não tentem isso em casa, mas imaginem a cena. O truqueiro, cheio de vontade e vazio de dinheiro, foi ao megashow internacional sem ter entrada. Chegou no cambista. Pediu para ver o ingresso antes de comprar — o que não tinha intenção de fazer, pois não tinha tostão — e, pimba!, saiu na carreira.

Entrou, viu o show feliz da vida, e ficou vivo pra contar a história.

Aconteceu no show do Chemical Brothers, no Pacaembu, e me foi relatado por amigos do truqueiro. Ousadia espantosa. Todo mundo sabe que cambistas não formam a categoria "profissional" mais pacífica do mundo, e esse clubber espertinho correu o sério risco de levar uma sova daquelas, ou coisa pior. A moral da história, em primeira instância, é que dançar música eletrônica dá agilidade às pernas.

Desde que ouvi o causo, recontei-o a rodas de amigos. Em geral, respondiam com a satisfação que a classe média sempre tem quando consegue tirar o carro da vaga antes de o flanelinha aparecer. Cambistas não formam a categoria "profissional" mais popular do mundo. Mas fato é que o garoto roubou o ingresso e agiu com cara de pau e inconsequência absurdas. E nem sei por que ainda me espanto. Entra moda, sai moda, surge tribo, desaparece tribo, nenhum tipo é mais perene nos centros urbanos brasileiros que o truqueiro.

Pra quem nunca viu um de perto, faz-se necessário explicar a grande diferença entre o truqueiro e o malandro. Este último é o que ganha a vida sem ter trabalho fixo, usando de expedientes ora ilegais, ora de moral duvidosa. Já o truqueiro vive no truque, mas não vive de truques. Isto é, ele pode ter muita ou pouca grana, mas tem algum tipo de ganha-pão, o truque é o luxo. Em outras palavras: malandro não compra jornal porque lê o do vizinho; truqueiro é aquele que entra na banca da Nossa Senhora da Paz, paga o jornal e sai de lá com a *Vogue Italia* sem ninguém perceber. Note bem a especificidade do universo: truqueiro não entra na Letras & Expressões pela literatura, mas pelas revistas de moda.

O mesmo amigo paulistano contou outra história exemplar. Ele foi chamado para um jantar e, chegando na casa da anfitriã, ficou surpreso com a diversidade de queijos, bebidas e pratos caros. Afinal, estamos falando de uma galera clubber de 20 e poucos anos, assistentes de produção de moda, gente sem grana, do tipo que leva bebida escondida na mochila pra não gastar na boate. Ele então chamou uma amiga num canto e perguntou se, dadas as circunstâncias, não seria de bom tom contribuírem nas despesas.

— Meu, que isso! — respondeu a outra conviva. — Ela não gastou um tostão, pegou tudo no truque.

Em outras palavras, roubou tudo no supermercado, aos poucos, até ter o suficiente pra impressionar os amigos. E como já deixei claro, truqueiro que é truqueiro não rouba queijo prato tipo lanche e tubaína, rouba brie e vodca russa. Furto não é a única atividade dos truqueiros, ao contrário, seu ramo de atuação mais frequente é furar fila. Não pra ganhar tempo, mas porque entrar nos lugares onde está "todo mundo que interessa", festas patrocinadas e desfiles de moda acima de tudo, é uma necessidade. Não ser convidado é tão somente uma inconveniência desprezível.

A vez mais recente em que fui vítima de um truqueiro foi numa sessão supostamente fechada para a imprensa do novo Almodóvar no Festival do Rio. Estava eu na fila e chega um conhecido truqueiro (era meu conhecido e também famoso como truqueiro) e me cumprimenta. Em seguida, a assessora do festival percorre a fila pra resgatar os jornalistas e garantir o lugar deles. O tal truqueiro conhecido grudou em mim, entrou na cola como se estivesse comigo. Uma vez dentro da sala, pegou o último lugar disponível, e eu, de pé, não vi o filme.

Só que truqueiros são como perucas de náilon. Engraçados, mas se queimam em alta velocidade. Sábado, no show do Kraftwerk, um truqueiro se aproximou de uma assessora dos patrocinadores e requisitou acesso à área VIP apresentando-se como Beto Neves, da Complexo B. Disse-me ela:

— Deu azar. A única pessoa da moda que por acaso conheço é o Beto. Se ele dissesse que era o Tufi Duek, eu deixava entrar.

13 DE NOVEMBRO DE 2004

Riso amarelo

O mundo já é belicoso o suficiente. Tanta guerra, tanta violência. O que nos salva da hecatombe definitiva é tão somente o sorriso amarelo, o mais perfeito sistema pacificador já inventado. Pense em quantas discussões, brigas e assassinatos um simples riso amarelo já evitou. Há efeitos colaterais, é verdade. O usuário constante de sorriso amarelo pode ter gastrite, tensão muscular e prejuízo financeiro, pois acumula estresse e gasta uma nota com remédios ou terapia. Mas tais reveses são amenos por comparação. Examine sua consciência: se toda vez que deu um sorriso amarelo você tivesse feito o que queria, já estava atrás das grades. Vejamos exemplos.

Vistoria do carro. Chego ao Detran. O atendente pergunta:

— Que horas tá marcado?

— Dez e quinze.

— São 10:20.

— Desculpe, me atrasei porque o endereço era confuso e não achei a entrada.

— A placa não tá na lista.
— Marquei pela internet. Aqui a print.
— Dia 30, 10:15… Do mês que vem.
— Ahn?! Ih, é. Tem razão.
— E agora que você sabe onde é, pode chegar na hora da próxima vez — completou ele, com um risinho de escárnio.

Já sou atrapalhado, já perdi a manhã… Não precisava da piadinha final. A primeira imagem que me veio à mente envolvia a trava de segurança e o nariz do cara. Outra opção era dar a resposta que ele merecia:

— Tudo bem, eu vou e volto, mas você vai continuar aqui no sol, anotando placa de carro, dia após dia após dia após dia.

Mas respondi com um sorriso amarelo, claro. Cordial, civilizado, hipócrita e raivoso riso amarelo-ovo.

O sorriso amarelo é a melhor resposta para a mais irritante das situações: quando alguém é condescendente com você. Exemplo: dia desses, no Dama, um conhecido apresentou um paulistano que disparou a falar maravilhas de sua cidade até perguntar:

— Vocês conhecem São Paulo?

Respostas possíveis:

— Onde fica?

— Não, não viajo pro interior.

Mas isso seria fazer o mesmo jogo de esnobismo pueril do outro. Nada como um sorriso amarelo-canário pra essas situações.

O sorriso amarelo também funciona horrores quando se lida com gente que tem a melhor das intenções, quer sinceramente ser amigável, mas não tem qualquer pista de como fazê-lo.

Qualquer pessoa com um pingo de senso de noção sabe que tatuados e não tatuados podem conviver felizes e conversar sobre qualquer assunto, menos tatuagem. Nada é mais desagradável que um desconhecido fazendo perguntas tipo "dói muito?" ou "qual o significado?". A gente sabe que não é por mal. Mas não deixa de ser uma intromissão. Dia desses, um senhor me perguntou:

— Você vai colorir essa tatuagem ou é pra ficar assim mesmo?

Resposta merecida:

— E você vai tingir o cabelo branco ou é pra ficar assim mesmo?

De novo, fui salvo pelo sorriso amarelo.

Uma curiosidade sobre o sorriso amarelo: é um condicionamento cultural tão eficiente que funciona mesmo quando não tem plateia.

Lembram-se da época em que a gente podia tomar banho ou lavar louça sem se preocupar com o telefone, pois quem ligasse deixaria recado na secretária eletrônica? Na era do celular, isso acabou.

Eis uma situação-padrão que enfrento pelo menos três vezes por semana. Toca o telefone. Corro pra atender. Não acho o aparelho, que é sem fio, e nunca está na base. Quando o encontro em cima da geladeira (não me perguntem), a secretária eletrônica já disparou, e a criatura desligou, sem deixar recado. Passam-se 28 segundos. Toca o celular. Saio correndo pela casa tentando achá-lo. Consigo! Atendo. A pessoa diz:

— Tá onde?

— Em casa.
— Então deixa eu ligar pro fixo que sai mais barato.
A criatura desliga o celular. Mais 28 segundos. Toca o telefone. De novo. Não lembro onde o deixei. Quando finalmente falo mais um alô, a vontade é de mandar o interlocutor levar seu telefone pra passear nas próprias vísceras. Mas no momento em que digo "E aí, tudo bem?", sinto que o sorriso amarelo se forma automaticamente nos lábios, mesmo sem ter ninguém pra ver.

27 DE NOVEMBRO DE 2004

Bibliolatria

Havia uma saia prateada na história, o que já é meio caminho andado pra muita coisa, mas o que garantiu o sucesso da paquera foi a paixão pelos livros. Minha amiga P., escritora carioca balzaquiana gostosa, estava numa festeeenha (é assim que escrevem na internet ou botei um "e" a menos?) num prostíbulo do Centro antigo de São Paulo, em noite sanitizada pela presença de meio mundo da moda paulistana.

Então ela conheceu o cara. Quarentão divorciado bacana com profissão de prestígio. Como havia uma saia prateada em ação, a paquera seguiu dentro do previsto, até ela perguntar onde ele morava.

Ele respondeu que por ali mesmo, na avenida São João, a da música. Ela estranhou. Sim, existe em São Paulo um movimento de artistas descolados se mudando para o chamado Centrão em busca de grandes espaços arquitetônicos e aluguéis baratos. Mas isso não condizia com o perfil do paquera de P., que estava mais para o mauriceba. Ele foi forçado a se explicar:

— Eu me criei aqui, estudei na área quando garoto, gostava de matar aula pra ir à biblioteca.

Foi aí que o tesão se fez, como ela me contaria dias depois, já de volta ao Rio:

— Putz, o cara matava aula pra ir à biblioteca... Que menino mata aula pra ir à biblioteca? Pirei.

Passa uma semana, ela me liga de novo.

— Agora me toquei de que não vi uma única estante naquele apartamento. Que cara é esse que mata aula pra ir à biblioteca e não tem livro em casa? Ou ele é um cafajeste gênio pra inventar uma cantada dessas, ou me levou prum matadouro!

Não sei se a história tem moral, mas me diverte. Em especial nestes tempos de livrarias com café e eventos editoriais espetaculares, isto é, tempos de institucionalização da paquera bibliólatra.

Certa vez, numa discussão de mesa de bar sobre inteligência *versus* beleza, lancei uma frase de efeito de autor desconhecido (não sei se a criei eu mesmo nessa bebedeira ou se plagiei sem perceber algum outro bêbado, livro ou filme).

— Quem fode com cérebro é bebida barata.

A que uma amiga respondeu:

— E mulher.

Faz sentido. Mas, pensando bem, todo mundo — na pequena elite brasileira que lê mais de um volume por década — usa livros como instrumento de avaliação do outro, seja ao abrir um perfil no Orkut, seja ao fazer visitas residenciais. Um amigo já terminou um namoro ao receber de presente um romance de Richard Bach. Livros são mais cruéis do que discos. Pecadilhos no gosto musical podem ser *cult*; um único livro errado destrói paixões e reputações.

Tempos atrás, fui a uma festa que acontecia simultaneamente em dois apartamentos contíguos. Um pertencia a uma jornalista; o outro, a uma estilista. Um era bagunçado; o outro, milimetricamente decorado. Circulava por lá com um bando de amigos implicantes — não é surpresa pra ninguém que todos os meus amigos sejam implicantes — quando começamos uma análise bibliólatra dos ambientes. Numa das casas, os livros estavam gastos e puídos; na outra, mal havia marcas de dobras nas lombadas. Até que um amigo deu o golpe final:

— Repararam que aqui os livros são dispostos na horizontal? E que o dicionário está embaixo de uma pilha de *coffee-table books*?

A crer na história de P., pode-se concluir que a bibliolatria é o mais enganador dos fetiches sexuais. Se ela fosse mais objetiva e saísse com o cara pensando "oba, vou dar prum quarentão paulista tarado que tem um matadouro na avenida São João", se obedecesse aos cinco sentidos em vez de fantasiar com a quimera do literato, não se sentiria culpada depois. Tesão intelectual é um perigo, dá muita chance ao engodo. O tesão puramente físico é mais pragmático, pois você já sabe que vai se dar mal no dia seguinte.

4 DE JUNHO DE 2005

Fidalgos

Visualizem o figurino: camiseta sem mangas de crochê azul e branca sobre o tronco imaculadamente magro, terno cinza risca-de-giz com paletó curto, tipo jaqueta. Será um metrossexual? Um frequentador de noitadas electroshock no Fosfobox? Um anúncio da Gucci? N.R.A.

Refiro-me a um senhor de terceira idade na quadra da Portela, em Madureira, na ocasião do aniversário da escola de samba. A combinação era um tanto quanto ousada, mas, naquele senhor, redundava na quintessência da elegância, aqueles raros momentos em que roupa e atitude se juntam, de forma espontânea, pra exalar personalidade. Aquilo que fotógrafos, produtores, estilistas e publicitários queimam a mufa pra criar em laboratório.

Este senhor não era o único exemplo, lá, de uma atitude de nobreza que permeia o mundo do samba e que se nota nos pequenos detalhes. Tente chegar ao bar de uma boate bacana pra pegar uma bebida. Você fica com seu cartão de consumo estendido para o barman, rezando pra ser notado enquanto se protege de cotoveladas — e nem estou falando de pitboys, mas de gente normal mesmo. Qual não é meu desconcerto, então, ao chegar a uma quadra de escola de samba e ouvir pedidos de licença no balcão?

Da quadra da Portela ao 00, há pouca diferença no trajar feminino. O exibicionismo calipígio transcende as microculturas da cidade. Mas a calça de cós baixo atochada entre as nádegas sugere um efeito mais vulgar na patricinha de Ipanema que a mesma peça na mulata da Portela. Porque, na primeira, o intuito principal parece ser exibicionismo com vistas ao ritual de acasalamento. Na segunda, comunhão com a dança.

É uma visão ingênua, romantismo de quem foi criado na Zona Sul e raramente atravessa a Praça da Bandeira. Mas não sou o primeiro a concluir que a verdadeira aristocracia brasileira está no samba.

Isso tudo porque estou lendo *Em busca do tempo perdido*. Já passei pelo mais insuportável dos tomos, *No caminho de Guermantes*, no qual Proust fica páginas e páginas dando voltas em torno de genealogias, explicando quem-é-quem na alta sociedade, com um fascínio pelo sangue nobre que me leva às raias da irritação. Não à toa, lá pelas tantas o narrador é chamado por outro personagem de "adulador histérico". A leitura tornou-se bem mais agradável à medida que o autor desenvolve um senso crítico sobre essa classe.

"Outrora, aristocratas queria dizer os melhores, pela inteligência, pelo coração", lamenta o barão de Charlus no livro de Proust. Observando a fidalguia natural da Velha Guarda em seu ambiente, fica a sensação de que ali reside a versão brasileira da aristocracia. Muito longe de Petrópolis, mais longe ainda da Garcia D'Ávila. Pergunto-me exatamente em que momento a classe dominante no Rio de Janeiro se tornou tão pueril, tão desinteressante, tão desprovida de elegância como parece hoje. Um chute? Desde que a cidade existe.

24 DE ABRIL DE 2004

O trocador

Da série "às vezes a gente consegue gostar desta cidade". Dia desses embarquei num espécime da monstruosa aberração genética que é o transporte público carioca. Atrasado, impaciente, mal-humorado, a caminho de alguma coisa chata. O trocador contou pacientemente as duas notas de um real e hesitou no troco. Catou uma moeda de cinco centavos. Depois outra. E outra. Horas depois, a derradeira. Só então apertou, magnânimo, o tal botão que me liberava a roleta. Sentei. Impaciente, mal-humorado. Pensei com meus botões: "Cara lerdo!"

Livre de mim, o trocador alcançou uma sacola de supermercado amarfanhada sob a cadeira e puxou um cavaquinho. Não chegou a tocar nada. Só acariciou as cordas e ensaiou uns silêncios, com o pensamento em algum lugar onde eu também gostaria de estar. Fiquei pensando nas possíveis histórias daquele velhinho, do Rio que ele representa, e o incômodo do cotidiano caótico se desfez. Recolhido à minha insignificância, curvado às idiossincrasias da verdadeira elite do Rio, fiquei admirando os casarões remanescentes de Botafogo.

27 DE AGOSTO DE 2005

A trocadora

"O que mais detesto é trabalhar no comércio. Menino, já trabalhei numa padaria, era horrível, sabe o que é você trabalhar num lugar que você fica passando mal de desgosto? Acho que era porque eu pegava de manhã, padaria grande, muita gente, e era uma correria, eu ficava zureta.

"A minha filha é que não gosta deu trabalhar de trocadora. Vou fazer um curso de radiologia, tô só esperando a minha filha acabar o dela. Não, ela tá fazendo de patologia, o dela é de graça, mas sacumé, tem o da passagem, o do lanche, então eu tenho que esperar ela acabar o dela pra poder pagar o meu, é 200 por mês. Mas também só vou largar o ônibus quando tiver empregada, que não sou maluca.

"Mas sabe, eu nem sou dessas pessoas que ficam pensando 'ai, meu Deus, vou ser assaltada', ih, eu nem penso nessas coisas. Outro dia mesmo minha vizinha veio me falar que tava tendo um tiroteio na rua e eu fui botar a cara na janela pra ver, cê acredita? Sou assim mesmo, não presto atenção. A minha filha é que tem medo.

"Também, ela já foi assaltada três vezes, da última vez voltando da escola, com duas colega, ela deu dois real, a outra deu um, e a outra deu cinco. O cara disse que ia matar elas se elas não desse o celular, mas já tinham roubado o celular da minha filha antes, fazer o quê? A volta da escola pra casa é um deserto, é perigoso mesmo, mas e daí, ela vai parar de estudar? Não dá é pra parar de viver por causa desses bexiguentos.

"A coisa que eu mais odeio é quando vem uma vizinha dizer que eu tenho que falar na empresa que não posso trabalhar até tarde porque lá onde eu moro é perigoso andar de noite. Magina, vão me dizer que se não posso então é pra arrumar outro emprego. Minha filha não fala isso não, ela só fica preocupada, por isso que eu vou fazer o curso de radiologia...

"O que não dá é pra ficar sem trabalhar, odeio, até em padaria eu já não trabalhei? Lá na minha igreja tem um cara que ficou dois anos desempregado, aí arrumou um emprego, mas largou porque tinha que trabalhar domingo e dizia que crente não pode trabalhar domingo. Sabe duma coisa, crente gosta muito é de reclamar da vida! Tem uma colega minha que trabalha numa lanchonete, o marido dela tá desempregado há dois anos, arrumaram um trabalho pra ele de faxina numa empresa e ele não quis, disse que não ia fazer faxina, vê se pode? Não entendo esse caras, porque eu se ficar sem trabalhar... não é só a necessidade não, eu sinto vergonha.

"E quem não gosta de trabalhar, quem é preguiçoso é que acaba virando bandido. Se não tem coragem de assaltar, vai dar volta nos outros, virar 171.

"A sorte é que na minha família tem pouco home. Eu não tive filho, só minha filha. Minha irmã tem filho, mas ainda é criança. O bom de não ter home na família é que não tem vagabundo."

Aí chegou o meu ponto e eu saltei. Também, diante desta conclusão, o que mais eu precisava ouvir?

O pior é admitir que a trocadora, que desembestou a matraquear para o motorista num trajeto de menos de dez minutos, estava totalmente certa.

Nem me refiro às estatísticas do IBGE, as tais que dizem que há 18 milhões de lares chefiados por mulheres no Brasil, mas ao fato de ela estar lá trabalhando de matraca solta, aí vem um cronista preguiçoso, memoriza tudo, chega em casa, tasca no computador, manda pro jornal e ainda é remunerado por isso. O maior 171. Homem é tudo vagabundo.

1 DE DEZEMBRO DE 2007

Cariocas são...

Dia desses recebi e-mail sobre um evento cuja proposta era "elevar a autoestima do carioca". Levei um susto. Elevar... mais? Afinal, o problema do carioca é justamente excesso de autoestima. Carioca que sou de nascença e criação, preciso desabafar: estamos no limite do narcisismo autocentrado e egoísta.

Pausa para historinha, depois continuo com o raciocínio.

A moça estacionou na entrada de uma garagem e foi à papelaria. Surgiu um carro pra entrar na garagem. Buzinou. Rua Jardim Botânico, quase seis da tarde. Uma pista ficou impedida. O caos foi instaurado. Sinfonia de buzinas, congestionamento. No balcão da papelaria, a moça reclamou:

— Que gente estressada!

Rumou para o carro. Deu-se conta de que esquecera as chaves no balcão. Voltou. Pegou as chaves. Tirou o carro. De volta à loja, continuou, em voz alta:

— Essa gente é muito estressada! Ela viu que eu ia tirar o carro! Devia ter demorado mais pra ela aprender.

Tenho por princípio de vida ter o mínimo possível de contato com desconhecidos, mas não aguentava mais ouvir aquela ladainha enquanto esperava minha encadernação ficar pronta, e me pronunciei:

— Desculpe, mas você está errada. Totalmente errada. Absurda, incontestável, irrestrita, incomensuravelmente errada.

— Eu não acho — respondeu ela, com beicinho.

Boa resposta, "eu não acho". EU não acho. Afinal de contas, quando o sujeito é a primeira pessoa do singular, o que mais importa? Pra que usar de lógica, razão, bom-senso, quando o EU está na parada? Por que se importar de atrapalhar a vida de um monte de gente? Pior: todo o discurso deixava subentendido que ela se achava uma pessoa muito legal, já que se dera ao trabalho de tirar o carro. É ou não é um narcisismo patológico?

E é só botar o pé nas ruas do Rio pra conviver com esse tipo de atitude. Na fila da mercearia, no ônibus, no cinema, na boate, na esquina, no trânsito. Por onde se anda no Rio de Janeiro, o que se vê é um amontoado de indivíduos gritando EU o tempo todo. Cariocas não temos noção do espaço alheio. É "eu", "eu" e "eu" o tempo todo.

E acho, sim, que isso é excesso de autoestima. Toda a mítica que os cariocas criamos pra nós mesmos — somos relaxados, gente boa, cordiais, malandros, "ixpertos", irreverentes — se voltou contra nós. Instaurou-se um clima generalizado de falta de respeito com o outro. O que é sempre desculpável, afinal, no fundo somos muito bacanas.

Eis as grandes falácias que construíram o monstro narcisista que é o carioca contemporâneo:

1. "Ser carioca é legal porque moramos na cidade mais bonita do mundo." E daí? O Rio é como um site com animação em flash: é lindo, mas lento, emperra o computador e não tem conteúdo.
2. "Carioca é cordial." Na verdade, carioca é falastrão. Cordial, aqui, nada tem a ver com gentileza. É como o motorista de táxi que corta todo mundo, avança sinal, mas acha que é muito gente boa porque se mete na vida do passageiro.
3. "Carioca é bacana porque vai à praia." Tudo errado. Carioca não recolhe o lixo, leva cachorro sem coleira à areia, faz mureta de frescobol na beira d'água. Na verdade, o ruim da praia é estar cheia de carioca. Se só tivesse tatuí, ia ser muito melhor.
4. "O Rio é a terra do samba e da bossa nova." Legal. Então levanta o dedo quem criou o samba e a bossa nova. O resto pode deixar o orgulho besta de lado.
5. "Ser carioca é bom porque é melhor que ser paulista." Grandes merdas.

Não, não estou propondo que os cariocas sejamos exterminados e, o Rio, repovoado. Estou propondo uma autocrítica. Quer dizer, é claro que um governo que se perpetua por mandatos a fio e só piora tudo tem toda a culpa e merece o achincalhe, mas não dá mais pra viver no mito de que nossas microviolências do cotidiano são desculpáveis porque, no fundo, cariocas são bacanas.

4 DE SETEMBRO DE 2004

Sô sem noção

Sempre achei que o carioca era um bicho mal-educado, egoísta e autocentrado por alguma deformação cultural, herança do Brasil-colônia ou tese que o valha. Finalmente entendi que não é nada disso. É sobrenatural. É o Sô Sem Noção, entidade perigosíssima que anda baixando pela cidade.

Essa luz de compreensão me veio ao sair de um elevador cuja porta dava passagem a apenas uma pessoa por vez. Havia um rapaz querendo entrar. Arrisco-me a dizer que, em qualquer outro lugar do mundo, essa situação seria resolvida em segundos a partir de uma convenção universal: quem entra dá preferência a quem sai. Não se trata de etiqueta, mas de obediência à única lei da física de que todo mundo se lembra mesmo depois de passar no vestibular, aquela sobre dois corpos não poderem ocupar o mesmo espaço.

Quando são dois cariocas, porém, a coisa é mais complexa. Tentei sair, mas o rapaz ficou parado na minha frente com postura de quem tinha absoluta segurança de que ia entrar naquele elevador a qualquer custo. Até imaginei que ele tinha superpoderes, um parente da baixinha do *X-Men* que atravessa paredes. Mas lembrei que todo mundo tem essa mesma postura todo dia ao entrar nos vagões do metrô carioca, sem superpoder nem nada. Era mesmo necessário negociar com a física.

— Amigo, se você me deixar sair, fica mais fácil de você entrar.

Ele hesitou por um instante. E eis que seu rosto se iluminou:

— Ah, é!

E deu um passo para o lado. Saí do elevador, ele entrou. Como podemos ver, não é exatamente um caso de grosseria. Ele apenas não fez a sinapse. Uma vez lembrado do método habitual de convivência com outros seres humanos em espaço público, a ficha do bom-senso caiu rapidamente. E por que ele não conseguiu se lembrar disso sozinho? É tão grande o desafio à lógica que só consigo pensar numa explicação sobrenatural: ele estava endemoninhado, tinha baixado o Sô Sem Noção.

Ainda não se convenceu? Então, se não é o Sô Sem Noção, me explica por que ninguém nesta cidade escuta a frase "licença, por favor". Por um tempo pensei que fosse por eu falar baixo, digo, num tom de voz razoavelmente abaixo dos berros comuns à maioria de meus concidadãos. Mas por que, quando viajo, todos me escutam pedir licença mesmo em línguas que não falo?

Resolvi fazer o teste. Depois de dizer "licença" duas vezes sem surtir efeito, mandei um "sai da frente, pô", um tom de voz abaixo. É infalível, a criatura sempre dá licença (evidentemente, nunca tentei esse teste em ninguém com índice de massa corporal muito superior ao meu).

E por que toda uma população bloquearia uma frase tão simples e cândida como "licença, por favor"? Só apelando ao sobrenatural para justificar. Nenhuma explicação sociológica dá conta de fenômeno tão extraordinário.

Do cara que faz obra no domingo às tentativas de atropelamento que sofro todo dia na rua Jardim Botânico, eu poderia ocupar o jornal inteiro com exemplos de que os cariocas estão ameaçados por um perigo sobrenatural, uma entidade que baixou no inconsciente coletivo da cidade, o Sô Sem Noção, primo malvado do Zé Pilintra que deixa as pessoas desprovidas de qualquer capacidade de convivência.

Qual a solução, então, para o carioca se tornar uma criatura menos intragável? Em momentos mais otimistas, achei que seria melhorar o nível da educação, aí quem sabe, em mais umas três gerações... Tolice, eu sei. A mancha de ignorância que Garotinho e César Maia infligiram ao Rio não se lava tão facilmente.

Em momentos mais pessimistas, cheguei a pensar no extermínio. Trabalho que o *Aedes*, o trânsito, as balas perdidas etc. já vêm realizando a contento. Considerei o exorcismo, mas agora que até o Crivella é "ex"-bispo, fiquei com a impressão de que essa prática caiu em desuso.

Só existe um jeito de nos livrar de Sô Sem Noção. Chamar o Superego.

19 DE ABRIL DE 2008

Mamilos

A mais complexa questão de etiqueta do universo masculino tropical: quando e onde tirar a camisa sem ser vulgar? Alguns milênios de machismo instauraram a crença de que o corpo masculino é para o trabalho; o feminino, para o pecado. Se uma mulher andar pela rua com auréolas ao vento, prisão por atentado ao pudor é o menos grave que pode lhe acontecer. Para o homem, é o estado normal de quem está voltando da estiva.

Em fins do século passado, contudo, algo mudou no mundo masculino. Por um lado, basta ver fotos do Studio 54 para concluir que, nos 70's, tirar a camisa passou a ser aceitável mesmo em ambientes fechados. Por outro... Em 1983, quando o célebre outdoor gigante de cuecas Calvin Klein se desdobrou sobre Times Square, o Ocidente decidiu que o peito é tão sensual/comercial quanto os peitos. A quem se interessar pela objetificação do homem contemporâneo, vale ler *Stiffed*, da feminista Susan Faludi, ou perguntar a esses moleques que aos 15 anos malham três horas por dia e ingerem proteína suficiente pra alimentar uma pequena cidade no sertão. Ou seja, tirar a camisa passou a ser ao mesmo tempo mais corriqueiro e menos inocente.

Mas que se dane. Ainda que erotizado, refrescar os mamilos em público sem ser preso continua sendo um dos poucos privilégios do homem no mundo pós-feminismo. No desfile do Suvaco do Cristo, meu bairro foi invadido por hordas de playboys descamisados. Bom pra eles, estava quente. E reparei que, na verdade, eles sequer tiraram as camisas da gaveta, não as levavam nas mãos ou na cintura, já saíram de casa usando o torso como uniforme. Mas muita gente acha que isso já é abusar do privilégio, como diz minha amiga B.

— Tirar a camisa, só na praia. Se o cara for um deus grego, abro exceção pra minha cama — diz ela. — Uma camisa bacana diz muito mais que um peito sarado.

Minha invocada amiga P. reforça:

— Um descamisado veio me cantar num show no Circo Voador. Disse pra ele vestir a camisa pra falar comigo. Ele vestiu, mas já era tarde. Claro que dá tesão ver um cara gostoso na praia, mas, se é num lugar inadequado, não dá vontade de chegar nem perto.

Seria exagero concluir que elas se incomodam justamente pela ostentação da sexualidade, o que é vulgar independentemente do gênero? Seja como for, voltamos à questão da etiqueta: onde e como tirar a camisa sem fazer papel de idiota? Algumas ponderações a quem gosta de deixar o suor correr solto:

1. Procure a sua turma. Usando o Leblon como exemplo: a playboylândia do Clipper parece uma sauna

ao ar livre, difícil ver um cara totalmente vestido por lá. Mas isso não se repete nos outros bares do bairro. Como qualquer outra tribo, os descamisados têm territórios próprios.

2. Ao achar sua turma, fique nela. Conto nos dedos de um pé de galinha quantas vezes na vida tirei a camisa em público. Da última vez que tentei, numa situação que me parecia adequada e inofensiva, fui tão sacaneado pelos amigos que concluí que a camisa empapada era menos desconfortável. Se não combina com sua imagem, ninguém aceita, poucos lembram que ficar sem camisa é de fato confortável. A maioria acha que o descamisado é exibicionista (se tem corpo pra isso) ou desprovido de senso de ridículo (se não o tem, como eu).

3. Troca de fluidos corporais não consensual é agressão. Ninguém é obrigado a se banhar no seu suor. Se no show, bar ou boate há espaço de circulação, tudo bem; se não, é um acinte. A X-Demente resolveu bem isso: tem uma pista própria para homens com fetiche por sudorese. Caso único. No Dama de Ferro, volta e meia aparecem uns dois descamisados que fazem o papel ridículo de sujar o resto do povo que está ali apertado por causa da música. Deviam ser expulsos.

Sim, sei que as dicas são inúteis. *Playboys* e *barbies* leem?

26 DE FEVEREIRO DE 2005

O Rio é meu

Banda de Ipanema na saída da praia, com seu mix característico de estereótipos cariocas e alemães. "Alemão" usado aqui como a gíria de morro: o estrangeiro no lugar e no momento, o de fora, o haole. Mas quão alemães são esses estrangeiros, afinal? Um deles me confundiu a cabeça: um gringo que trazia "Rio" tatuado nas costas.

Ele era tão gringo que só de bater o olho na tattoo a língua já se enrolava para ler o "R" com sotaque. Mas estava lá, uma homenagem à *minha* cidade cravada para sempre no corpo alemão. Tatuagens em referência ao Rio nem são tão difíceis assim de se ver; eu mesmo carrego o calçadão de Copacabana na perna. No meu caso, contudo, é mais uma aceitação do carma. No do gringo, aposto, era uma homenagem, a vontade de fazer o Rio ser dele, pelo menos um pouco. Qual de nós é mais alemão? Ou talvez a pergunta certa seja: de quem é o Rio, afinal?

Ainda nas imediações da banda, vejo um jovem pertencente ao estereótipo dominante da juventude carioca comentando com seus amigos:

— Viu o que o traveco falou pra mim? Que eu sou "tudo de bom"! Veado tem que morrer!

O curioso era o contraste entre a violência das palavras e a expressão de puro orgulho no rosto, de quem ganhara o dia com um galanteio.

Esse contraste minimizava o peso da frase final, verdade, mas ainda assim havia um peso nela. O rapaz talvez nem soubesse, mas pouco antes da passagem da Banda de Ipanema no sábado de carnaval, a Vieira Souto fora palco de um singelo protesto do grupo Arco-Íris contra as amplamente anunciadas ameaças de ataques homofóbicos de um grupo autointitulado Farmeganistão, que prometia "limpar" a Farme dos gays. As ameaças não se cumpriram, não no carnaval. Talvez porque a imprensa tenha agido e chamado a atenção das *otoridade*. Mas ainda podem voltar. Há poucos anos, um colega de trabalho e amigo teve o maxilar fraturado, passou por diversas cirurgias, por ter cometido o crime de tentar voltar pra casa a pé, de madrugada, em Ipanema, aquilo que num mundo ideal seria considerado o simples direito de ir e vir.

O gringo que queria tanto ser do Rio, ter o Rio pra si, a ponto de tatuar o nome da cidade nas costas, era gay, estava num grupo gay, provavelmente saíra da praia ali na altura da Farme, antes da tal "Faixa de Gaza" imposta pelo Farmeganistão, passara pela Banda de Ipanema e haveria de terminar a noite na X-Demente, fazendo um circuito que é dos principais motores do turismo na cidade nos dias de hoje. Ainda assim, difícil entender que ele queira o Rio pra si, se aqui ele corre risco de vida apenas por existir.

De quem é o Rio, afinal? Há anos venho respondendo a essa pergunta com a expressão "é uma terra de ninguém". Pensando bem, antes fosse. O Rio é uma terra de alguéns. Uma luta mesquinha por territórios em cada esquina, em cada sinal, que nos casos mais trágicos é delimitado por sangue, como fazem as hienas. No carnaval, por urina, como fazem os cachorros.

Ou então, vai ver, a tatuagem do gringo era uma homenagem a "Rio", a música do Duran Duran que nada tem a ver com a cidade. Eu não o culparia.

24 DE FEVEREIRO DE 2007

A revolta dos perdigotos

Homofobia é a desimportância em desespero. A sexualidade é inalterável e inatingível. E quando se trata de sexualidade só existe uma coisa no mundo que consegue ser mais desprovida de importância que a opinião pessoal: o julgamento moral.

Você pode julgar quanto quiser a sexualidade alheia. Não tem importância. Você pode ser hétero e fazer a elegia dos seus amigos gays. Não tem importância. Eles não deixariam de ser gays se você não gostasse deles. Você pode ser gay e fazer piadas maldosas sobre o comportamento "careta" dos héteros. Não tem importância. Eles não deixarão de ser o que são.

Você pode ser conservador e barrar leis no Congresso, fazer passeatas pela família, dizer que o mundo está acabando, que Deus vai punir a todos. Não tem importância, você está apenas metendo o bedelho no que não lhe concerne, não passa do registro da fofoca, ninguém vai deixar de se deitar com quem quer. Pode até deitar escondido, ou demorar a criar coragem, mas vai deitar. Deitar e suar e trocar saliva e outros fluidos que, com sorte, ficarão na camisinha.

E você pode achar isso nojento. Mas não tem importância. Pois a sua opinião e o seu julgamento sobre a sexualidade alheia não têm importância. Porque é alheia. Se é alheia, é do outro; se é do outro, não é sua; não sendo sua, não vai mudar por sua causa, sacou?

Você pode ser deputado crente ou padre pitboy, pode ser simpatizante ou skinhead, pode ser presidente do Irã ou suplente do PTC, grandes merdas, azar o seu, a sexualidade alheia continuará a não ser da sua conta. O pessoal vai continuar deitando e suando e trocando saliva enquanto você desperdiça os seus perdigotos uivando indignação pelas esquinas.

Aí, numa desesperada tentativa de não admitir que seu julgamento moral é inútil, você joga uma bomba na parada gay de São Paulo. Você pode até matar alguns indivíduos. Ferir outros. Emperrar a vida de muitos. Vãs tentativas de ter importância, pois não vai, jamais, impedir que o mundo gire, a lusitana rode e as pessoas se deitem com quem quiserem, como quiserem. Seu julgamento moral e sua opinião, quaisquer que sejam, serão pra sempre da mais profunda desimportância.

A não ser, claro, pra você mesmo. Pois, como diz Tennessee Williams na voz de Chance, o protagonista de *Doce pássaro da juventude*, a grande diferença entre as pessoas neste mundo "não é entre quem é rico e pobre, bom ou mau. É entre quem tem ou teve prazer no amor e quem nunca teve prazer no amor, apenas observou, com inveja, doentia inveja".

21 DE JUNHO DE 2009

O homem nu

Eram 15:20 em ponto, véspera de Sexta-Feira Santa. Lembro da hora pela extrema satisfação ao perceber que, coisa rara, raríssima, seria pontual em meu compromisso. Dez minutos antes do que me esperavam na Dois de Dezembro, o 409 já estava na altura da Cruz Lima. Foi nessa hora, bem nessa horinha, quando levantei a cabeça depois de checar o relógio do celular, que vi da janela o homem nu.

O homem nu não era nem parente do personagem de Fernando Sabino, nem estava de todo nu. Ele usava um fiapo de camisa social aberta e uma velha cadeira de rodas. Em plena calçada da praia do Flamengo, tinha as pernas abertas pra quem seguia em direção ao Centro, como se quisesse forçar a democracia entre usuários de carros, ônibus, motos e vans piratas, obrigando todos a ver que ele...

Agora, moças, parem de ler esta crônica. Rapazes de estômago fraco também. Ou melhor, todos que já respiram Rio de Janeiro o suficiente quando saem na rua e não precisam de mais podreira, não prossigam.

... Urinava.

O homem nu era velho e gordo, lembrava vagamente uma caricatura de João do Rio, e não conseguia — ou não se dava ao trabalho de — fazer aquilo que os célebres mijões do carnaval carioca fazem mesmo no auge da bebedeira: segurar e apontar. Ele urinava em si mesmo, com uma expressão tão nua que não permitia entender se aquilo o constrangia, o excitava ou lhe era indiferente. E assim compunha uma figura ainda mais trágica.

Dadas as condições de sua cadeira de rodas, parecia fisicamente impossível que ele se materializasse sozinho em pleno cartão-postal carioca, mas lá estava, nu, molhado e desacompanhado. Apesar da hora, do sol, do movimento na rua, nem os fantasmas de Lota Macedo Soares e Burle Marx pareciam velar por ele.

Por um segundo, pensei: pronto, é isso, agora eu paro de beber. Mas logo o olhar da trocadora loura do 409 encontrou o meu e confirmou que, se alucinação fosse, coletiva era. A combinação do olhar triste com a boca trincada revelava que ela sentia um misto de nojo e compaixão por ele, por si mesma, e até pelos passageiros, sujeitos a ver aquela cena numa cidade que, sem direção, permite total descompasso entre atuação e cenário. "Retrato do abandono" já é ruim como legenda pra foto de jornal, imagina em *tableau vivant*.

Na hora fiquei triste, triste, triste, tão imensamente triste quanto possível diante da couraça de imperturbabilidade que o Rio me deu.

Ao saltar do ônibus mais à frente, já tinha um sorriso de escárnio: e pensar que nos meus tempos morando fora eu dizia que o bom do Rio era ver gente pelada na rua o tempo todo, o ruim do Primeiro Mundo era que só se via umbigo nos anúncios da Dolce & Gabbana.

E com a couraça em pleno funcionamento cumpri meu compromisso sem saber de mais nada sobre o homem nu. Posso apenas imaginar que o idoso em questão era o elo mais fraco da população de rua que, todos sabemos, povoa o Parque do Flamengo como se a Secretaria Municipal de Assistência Social fosse mera ficção. Não me surpreenderia saber que ele assim vive, nu e incontinente, em meio às árvores de um dos projetos paisagísticos mais célebres do mundo. Não sei como ele chegou à parte mais visível e povoada do bairro, aparentemente só e semiconsciente de seu estado, nem sei se foi socorrido em seguida.

Sequer sei se alguma criança gritou "o Rio está nu".

19 DE ABRIL DE 2009

A cidade-cadáver

Passando pelo viaduto da Perimetral na altura da Praça XV, em meio ao cenário suntuoso de tetos e fachadas que casam o Império ao boom imobiliário dos anos 1970 num caos estético bem carioca, salta aos olhos um edifício comercial de seus 15, 20 andares, totalmente abandonado, agonizando literalmente em praça pública. Só o primeiro passo rumo à cidade-cadáver.

É já no meio da baía de Guanabara que surge a visão mais aterradora. Um petroleiro, de comprimento equivalente à altura do prédio supramencionado, agoniza no meio da baía, decompondo-se aos poucos. Parece ser uma competição entre a ferrugem e o caos. O que vai acabar primeiro? A humanidade, a cidade ou aquele barco? Aposto nos dois primeiros.

Esses polaroides vieram de cortesia quando assisti, semana passada, a um ensaio da peça *BR3*, do grupo paulistano Vertigem, que está em cartaz na cidade como parte do festival riocenacontemporânea. Já estava acostumado a singrar as águas da Guanabara via barcas Rio-Niterói. Já percorri o entorno da baía em diferentes pontos, dos mais horrendos, como a favela da Maré, aos mais belos, como a enseada de Botafogo. Mas nunca, nada, me preparara para esse contato tão íntimo via chata Elza, o barco em que a plateia percorre cantos inusitados da baía que ao longo de séculos definiu nossa cidade.

Até aquele dia, mesmo tendo consciência da poluição das águas, mesmo sabendo do descaso histórico para com a questão — especial deferência à forma como os governos Marcello Alencar e Garotinho(s) trataram o projeto de despoluição —, sempre associei a baía de Guanabara a sua beleza exterior.

Daqui em diante, sempre que ouvir falar em baía de Guanabara, a primeira imagem que terei é a de morte. De necrofilia e canibalismo, de uma cidade que se mutila, se mata e então se devora crua.

A partir do ponto de encontro na sede do festival, na Gamboa, o trajeto promovido pela peça parece um passo a passo rumo ao Hades, onde o ponto mais vivo é o cemitério do Caju. Já ao longo do cais, acumulam-se cadáveres de prédios suntuosos remetendo a um não tão remoto passado de viço industrial. Mas é ao chegar ao porto que o cheiro de putridez nos invade de vez. É ao navegar no pequeno barco que a proximidade com a água escura, de consistência oleosa, traz a inevitável sensação de morte. É ao ver a grandiosidade do petroleiro em plena putrefação que a sensação vira certeza. Muito ao longe, uma visão do Cristo planando sobre a noite parece mais assombração que redenção.

Aqui e ali algumas gaivotas combatem a certeza, sugerem que ainda há vida nas águas. O movimento nas favelas ao redor, idem. Ainda há urbe no Hades. Mas depois desse contato direto com os recantos mais podres da baía de Guanabara, vejo a paisagem carioca da minha janela com a sensação de alguém que se olha no espelho e vê um belo penteado, mas sabendo que o fígado teve a falência decretada.

E não tem urubu na parada não, Prometeu. Quem tá comendo o fígado do Rio eternidade afora é o próprio Rio. Valeu, baía de Guanabara. Foi bom enquanto durou.

Se serve de consolo (não serve), gente que também viu a montagem original da peça em São Paulo, no Tietê, disse que o cheiro lá era pior.

20 DE OUTUBRO DE 2007

A dominatrix gorda

NOVA YORK e RIO. Das duas cidades citadas em maiúsculas no início deste parágrafo, qual a maior? Da primeira vez que vim a Nova York como turista e, logo na primeira tarde, fui a Times Square, não hesitaria por um segundo em marcar a primeira opção. Agora, voltando das minhas primeiras férias na cidade natal, depois de um ano morando em Manhattan, mudei de opinião. Não dá para concluir qual é melhor. Mas o Rio é mais, com o perdão da incorreção, grande.

Não falo de geografia, mas de como se manifesta a beleza das duas cidades. Se você não se esforçar pra prestar atenção à beleza de Nova York, ela finge que não está nem aí. Num dia em que você ande de cabeça baixa por causa do vento ou do mau humor, ou de olhar em riste por causa da pressa, a cidade deixa você ignorar os detalhes arquitetônicos dos prédios imponentes.

Se você não galgar um hotel da Central Park South e olhar a vista pela janela, não vai reparar em toda a gama de cores do parque no outono. Se não subir ao bar no topo do World Trade Center, não tem como ver o mosaico das luzes da cidade. A beleza de Nova York é blasé, se faz de difícil, só se dá ao desfrute de quem corre atrás.

Já a beleza do Rio é composta por uma sucessão de atos de violência sexual. Você está lá, distraído, saindo do Rebouças pra descer o Cosme Velho, e o largo do Boticário sai de uma emboscada e lhe dá um tapa na cara. Ou, pior, sai do túnel na outra direção, e a Lagoa o estupra. Você anda pelos horrores de edifícios empastilhados de Copacabana quando um prédio art déco põe o pé na sua frente, e você tropeça, cai de cara no chão. Você está dirigindo pelo claustro do Catete, resolve pegar uma via menos congestionada e, quando vê, cai de boca no Aterro e de repente o Pão de Açúcar se joga no bolo.

É uma questão de contraste. No Rio, o transeunte passa da fealdade à beleza sem direito a avisos, e Nova York não tem lugares completamente feios. Talvez seja porque as pérolas arquitetônicas cariocas, em sua herança ibérica, tenham mais cores e vivacidade que as de Nova York. Talvez seja a velha história da combinação de mar e morro. O fato é que no Rio as coisas são mais, assim, grandes.

Como metáforas com mulheres são inevitáveis ao se falar de beleza de cidade, pode-se dizer que Nova York é loura, magra, alta, vestida de preto. O Rio é uma dominatrix gorda.

24 DE JANEIRO DE 1998

Assoberbado

O que fazer quando o seu mundo dá uma guinada de 90 graus? Falo da forma mais literal possível. Num dos temporais com ventania desta semana, olhei pela janela que dá para o morro da Viúva e vi uma cachoeira escorrendo pela pedreira — mas na horizontal, da direita pra esquerda. Nisso, como uma vaca de *O mágico de Oz*, um telhado de alumínio passou voando a poucos metros da varanda.

Em dias como esse, fico assoberbado pelo Rio de Janeiro. Aliás, vivo assoberbado pelo Rio de Janeiro. Assoberbado por tudo que leio no jornal logo de manhã, assoberbado a cada vez que boto o pé na rua e vejo cocô de cachorro, psicopatas do trânsito, crianças pobres com o olhar entorpecido por cola e crianças de classe média sem educação. Às vezes penso em sumir daqui. Mas para onde? Bem, digamos que ando ouvindo muito "Life on Mars?" ("Vida em Marte?"), do Bowie.

Mas surgem tempestades como as desta semana e esse tal de assoberbamento muda completamente de figura. Sim, elas são um grande problema. Há quem perca seus barracos com tudo dentro, há os megacongestionamentos, falta de luz etc. No outro extremo, a maior pequena aporrinhação de uma tempestade tropical: como se vestir pra ela? Botar um casaco e ficar empapado de suor por dentro, ou evitar o calor e ficar ensopado por inteiro?

Mas existe outra dimensão assoberbante numa tempestade tropical no Rio de Janeiro. Sabe aquele clichê do homem que se sente uma formiga diante da montanha? Pois é.

Tive o privilégio de "aproveitar" as duas últimas tempestades próximo ao Aterro do Flamengo.

Na piscina do Botafogo, cercado por relâmpagos e água abusada vindo de todas as direções com tom ameaçador. Poucos minutos depois, o sol se manifesta. Um arco-íris emoldura o Pão de Açúcar. Saio dirigindo pelo Aterro. O céu varia do cinza ao prata. O asfalto ganha outros tons de prata. A baía de Guanabara está negra e ainda revolta e ainda fedida. Faço o retorno, e essas imagens executam a dança das cadeiras entre o para-brisa e o espelho. Surge o Corcovado, cercado por nuvens cor de grafite. As amendoeiras da Rui Barbosa parecem sobrenaturais com o vento. Em cerca de dez minutos, experimentei tais alucinações visuais que, imagino, só Timothy Leary devia conhecer. Não creio que o caos possa ser tão bonito em qualquer outro lugar.

Há uns cinco anos, já havia comparado a beleza do Rio à de uma dominatrix gorda. Insisto na metáfora. Quando você menos espera, o Rio vem, senta com a bunda na sua cara, deixa você sem respirar, o enche de porrada, e você pede mais.

Em dias de sol esplendoroso e calor acachapante, as intempéries que surgem de surpresa nos lembram que o Rio é muito maior que os cariocas. Numa cidade cujo grande charme é a soma da natureza com o urbano, é muito bom quando o elemento mais antigo da combinação reforça que, por mais que tentem destruí-lo, ele ainda é maior que a gente.

Nesses momentos, acredito que a República do Diminutivo não vai acabar com o Rio. Nem a Alerj. Nem os pitboys e os covardes que fazem emboscada contra gays em Ipanema. Nem os indivíduos que acham que seu cachorro tem mais direito ao espaço público que alunos de escola pública. Nem os vermes que alugam crianças pra vender chiclete. Nem as louras falsas da Garcia D'Ávila que ignoram as crianças alugadas pra vender chiclete. Nem os traficantes armados. Nem as teorias tortas para se acabar com eles. Nem a falta de educação dos cariocas. Nem sua cordialidade pentelha. O Rio de Janeiro é maior que tudo isso.

29 DE NOVEMBRO DE 2003

AGRADECIMENTOS

Agradeço a Rodolfo Fernandes, Merval Pereira e Ali Kamel por, em diferentes momentos, terem permitido que eu continuasse a abusar do espaço no *Globo* por tanto tempo.

Este livro foi composto em Adobe Jenson Pro, corpo 12,5/16, e impresso em papel off-set 75g, em 2010 nas oficinas da JPA para a Editora Rocco.